我觉得，我已经写下了一团一团的废墟。我足以为此歌哭无尽。

晋 军 新 六 家

晋军新方阵·第六辑

主观书笔记

闫文盛 著

山西出版传媒集团　北岳文艺出版社
BEIYUE LITERATURE & ART PUBLISHING HOUSE

·太原·

图书在版编目（CIP）数据

主观书笔记/闫文盛著.—太原：北岳文艺出版社，2019.10

（晋军新方阵.第六辑：晋军新六家）

ISBN 978-7-5378-5995-0

Ⅰ.①主… Ⅱ.①闫… Ⅲ.①散文集–中国–当代

Ⅳ.①I267

中国版本图书馆CIP数据核字（2019）第168347号

书名：主观书笔记
著者：闫文盛
策划：王朝军　赵婷
责任编辑：高海霞
书籍设计：张永文
责任印制：巩璠

————

出版发行：山西出版传媒集团·北岳文艺出版社
地址：山西省太原市并州南路57号　邮编：030012
电话：0351-5628696（发行部）　0351-5628688（总编办）
传真：0351-5628680
网址：http://www.bywy.com　E-mail：bywycbs@163.com
经销商：新华书店
印刷装订：山西人民印刷有限责任公司

开本：787mm×1092mm　1/32
字数：168千字　印张：10
版次：2019年10月第1版　印次：2019年10月山西第1次印刷
书号：ISBN　978-7-5378-5995-0
定价：56.00元

晋 军 新 六 家
晋军新方阵·第六辑

主观书笔记

闫文盛 著

山西出版传媒集团 北岳文艺出版社
BEIYUE LITERATURE & ART PUBLISHING HOUSE

·太原·

图书在版编目（CIP）数据

主观书笔记/闫文盛著.—太原：北岳文艺出版
社，2019.10
（晋军新方阵.第六辑：晋军新六家）
ISBN 978-7-5378-5995-0

Ⅰ.①主… Ⅱ.①闫… Ⅲ.①散文集－中国－当代
Ⅳ.①I267

中国版本图书馆 CIP 数据核字（2019）第 168347 号

书名：主观书笔记
著者：闫文盛
策划：王朝军　赵婷
责任编辑：高海霞
书籍设计：张永文
责任印制：巩璠

————

出版发行：山西出版传媒集团·北岳文艺出版社
地址：山西省太原市并州南路 57 号　邮编：030012
电话：0351-5628696（发行部）　0351-5628688（总编办）
传真：0351-5628680
网址：http://www.bywy.com　E-mail：bywycbs@163.com
经销商：新华书店
印刷装订：山西人民印刷有限责任公司

开本：787mm×1092mm　1/32
字数：168 千字　印张：10
版次：2019 年 10 月第 1 版　印次：2019 年 10 月山西第 1 次印刷
书号：ISBN　978-7-5378-5995-0
定价：56.00 元

探索与重建

——"晋军新六家"丛书序

杜学文

中国新文学已有百年的历程。百年间，中国文学发生了革命性变化，从传统迈向现代的步伐轰轰隆隆。尽管前行的道路充满曲折，但不容否定的是，中国文学伴随着中国社会的发展进步而发展进步。不仅涌现出大量的重要作家、重要作品，也从创作实践与理论研究两翼重建中国美学——在继承传统的基础上，吸纳人类审美有益成果，形成具有现实针对性的审美范式。

中国新文学的出现非一时之功。其肇始与中国追求变革、走向现代的历史潮流相应。但无可否认的是，新文学运动期间完成了中国文学由"旧"而"新"的转化。其变革动力，一是客观的社会要求——中国如何从文明的顶峰跌落之后，重回昔日辉煌；二是自身发展的要求——适应时代发展，对"旧文学"的批判、扬弃，以及对"新文学"的迫切呼唤。而最具影响力的是社会思潮中对科学与民主的追求，对人本主义的回归，以及先发国家文学资源的引进。这些催生了中国文学的革命性蜕变——新文学由此而生，进而开创了中国文学的崭新时代。

在20世纪之初的二三十年间，是中国文学引进、吸纳外来文学资源的重要时期。有很多在当时的中国人看来属于"新"的理论、观念、方法被译介，并转化成中国文学新的样式，初步奠定了中国新文学的基本审美形态与类型格局。从理论对创作现象的总结梳理来看，也取得了很多成果。但这一时期，中国新文学仍然处于初建与探索的阶段。其审美形态并未形成成熟的规范，还有很多问题需要从实践与理论等多个方面解决。比如，一个最为突出的问题就是，新文学虽然完成了新与旧的革命，但仍然没有完成其民族性的表达，以及被更广大的民众所接受的使命。这些问题的存在也实际上影响了新文学作品的艺术感染力与社会影响力。

尽管敏锐的人们已经从理论的层面提出了这些需要解决的问题，但中国新文学发生实质性的变化是借助于某种社会生活的机缘——抗日战争的爆发。面对民族的生死抉择，一个最迫切的社会问题就是如何唤醒广大民众，动员与组织民众投入到保家卫国的抗战之中。显然，那种不适应民众阅读习惯、表达晦涩曲折、强调人物内心世界的描写而忽略人物外在行为的表现方法与这样的社会需求有极大的距离。它们难以完成发动民众、激励民众，在瞬息万变的战争状态中鼓舞人们投入抗战的使命。作家们——特别是那些具有强烈的民族意识与使命感的人们，不仅纷纷来到抗敌前线，甚至直接投入战斗。他们在战火纷飞的前线创作，他们的作品总体上表现出简洁、明快、清晰、易懂的特点，具有强烈的理想情怀与战斗精神。也因此与民众的审美要求、社会心理一致起来。同时，他们更多地描写战争中普通人的命运——士兵、农民、城市平民与工人等等。这也使中国新文学关于"人"的意识发生了改变。人——千千万万、普普通通的你我他，成为文学的主人公。他们从不自觉到自觉，从无意识到有意识，从被动到主动，成为关系民族未来、国家命运的主角和主力。做一个不太准确的比喻，就是实现了从阿Q向小二黑的转变——不论在社会生活领域，还是个人生活领域。在这样的社会背景下，中国新文学完成了其民族化、大众化的使命。因而，也基本形成了比较完整、系统的审美形态。

新中国建立之后的中国文学，是这种审美范式的延续。一方面，她仍然保持了自身的开放性——对外来文学资源的吸纳，主要是苏联文学及东欧等弱小国家文学资源的吸纳。但是，这并不等于放弃了传统。事实是，传统文学中的表现手法仍然有很强很突出的表现。一些作品甚至直接借用传统章回体的形式。因而，从某种意义上讲，他们是文学传统与外来手法的统一体。另一方面，也仍然保持了至抗日战争时期形成的审美形态——理想信仰与个人命运的统一，社会进步与个人发展的统一，歌颂与批判的统一，普通人、劳动者在社会生活与文学作品中主体地位的确立，现实主义与浪漫主义的有机结合等等。但是，当一种范式成为一种程式之后，其局限性也逐渐表现出来。特别是经过一个僵化、简单化的审美阶段之后，这种局限表现得更为明显。随着改革开放的到来，整个社会的审美创造力被空前地激发出来。外来的哲学观念、创作思潮也次第而入。时代的变革为中国新文学的新变带来了历史的机遇。

几乎是在20世纪的一头一尾，中国文学先后经历了两次极为重要的剧烈变革。其中一个十分突出的现象就是对国外创作方法的借鉴与模仿。尽管从表现形式而言，这两个阶段有着突出的相似性，但二者仍然存在很大的不同。首先，从面临的任务而言，20世纪初主要是完成文学革命，而在新的世纪之交，主要是解放艺术创造力。其次，从创作实践来看，20世纪初乃是一种针对旧文学的初步的摹仿。而在新的世纪之交，则具备了更为明显的主动性、自觉性，是在新文学进行了大量的实践并基本形成其审美规范之后的再创造。再次，从其规模看，前者不论是从译介的质量、数量诸方面看，都不能与后者相比。这固然得益于整个社会经济文化的快速发展，也与中国改革开放程度的扩大深化有关。总体来看，随着改革开放的不断推进，中国文学表现出争奇斗艳、各显其能的生动局面。文学创作的题材得到了前所未有的拓展，人物类型不断丰富，表现手法显现出向外与向内同时掘进的态势，文学作品的样式也空前丰富起来。如果仅仅从作品外在的形态与手法技巧等方面看，中国文学的现代性得到了极为充分的体现。

但是，文学并非仅仅是一种技巧。它还涉及对生活的认知、判断，以及其中所蕴含的价值观。最引人关注的是其对社会生活的表现，以及对人的塑造。毫无疑问，改革开放以来，仍然有大量的延续了中国文学传统，特别是抗日战争以来形成的审美传统的作品。但是，另一方面也出现了与外来文学，特别是先发国家文学表现主题相似的作品。这种现象的形成，从文学自身的变化来看，是对外来创作观念、方法的引进。从社会生活的变化来看，则是中国现代化进程的快速推进对人产生的影响。包括人在社会变革中的迷茫与不适应，社会结构的改变、利益的调整、人伦关系的重构等在人的外在物质世界与内在精神世界的作用。强大的现代化车轮滚滚向前，利益与欲望等物的诱惑日见显现。文学对这些生活中的变化进行了多样的表达。如果仅仅从多样化的角度来看，这当然是文学的一种进步。

然而，文学的现实是人们对这样的表达似乎并不满足。人们更希望文学关注自己生活中最迫切的问题，人们也更希望在现实的焦虑中寻找到存在的价值、前行的方向，希望文学能够拥有更多的读者。人们对那些晦涩的描写、缺少光亮的表达、只注重描写而忽略了叙述、不能表现生活质感与本质的文学不再激动，甚至冷漠。从文学自身的存在与发展而言，需要做出新的调整。事实上，许多作家也意识到了这种问题，重新回归传统与民间，以期从中汲取创作的营养。

中国文学在21世纪初，面临着真正步入现代化的挑战。这首先是中国现代化的进程步伐加快，对文学提出了新的时代要求。其次是中国新文学在经历了几乎是百年的实践之后，需要形成适应时代要求的成熟的审美范式。以民族优秀文化传统，特别是审美传统为根，在继承与创新的基础上，辩证科学地汲取世界文学的有益营养，面向当下中国现实，关注中国社会的发展与人的进步，创造能够为现实中国提供精神资源、价值引领、审美启迪的优秀作品与理论形态已经成为历史的必然要求。显然，我们的文学已经进行了多方面的努力，但我们还需要谨慎地判断——中国新文学在完成了其新与旧的革命，实现了民族化与大众化之后，正在向现代化迈进。

如果从这样的视角来看这套丛书，我们还是能够感到某种欣慰。收录在这套"晋军新六家"丛书中的作品，均由晋地相对年轻的新锐作家创作。在中国文坛，他们属于比较活跃且产生了积极影响的作家。当然，我在这里要特别强调，仅就晋地而言，也并不是只有他们显现出这样的积极姿态。除他们外，实际上还有相当一批人可以进入这个行列。我们将陆续向社会推介更多的晋地优秀青年作家及其作品。他们的创作，首先从一定程度上反映了中国文学的演进——希望能够形成具有现代意义的，富有现实针对性的，基于传统又呈现出开放性的审美范式。其次，我们也能够从这里感受到中国作家拥有的文学理想。他们并不是把自己的创作当作随意的尝试、把玩，而是希望通过自己的努力为中国文学贡献光热。对于他们而言，文学具有某种神圣感。他们对创作的严肃、尊重可圈可点。举一个极端的例子，其中有人认为自己的作品过不了自己这一关就宁愿好几年也不发表作品。这与那种浮躁的心态形成了鲜明的对比。其态度可见一斑。

这些作品表现了当下现实中国社会生活和人的精神生活的多种层面、多种状态，显现出文学极大的丰富性。现实感是这批作品最突出的特点。当然，他们可能不一定把更多的笔墨放在社会生活的重大事件上，但他们也并不回避这些。因而，在他们的作品当中，已经显现出如何把纷繁的社会生活，特别是具有重要影响的社会生活与人的日常生活，主要是最平凡、最普通的生活结合起来的努力。他们表现置身其中的人的迷茫、失落，物的挤压，欲望的诱惑，但总要在字里行间流露出源自生命的对生活的热爱、责任，并期望通过自己的描写为平凡的生活指出方向、出路。在他们的作品当中，人的价值并没有消解，而是从日常的细微之处冉冉而现，使我们能够看到希望、未来，给予我们生活的信心与力量。他们可能会汲取传统文化资源，如绵延至今的某种生活方式、价值追求，以及传统文学中的表现手法。但也毫不掩饰，他们对外来的文学资源也同样充满热情。这使他们的叙述不再是一种简单的情节交代，而是叙述本身就拥有了超越情节的意味与魅力。他们在叙述的同时，强化描写，在注重对人物外部存在描写的同时，深入人的内心世界，在具有真实意味的形象塑造中超越这种"意味"与"形象"。总而言之，在这些作品中，我们可以看到中国新文学在新的世纪，经过百年的实践探索之后，从创作层面重建中国审美的种种努力。对他们而言，这种努力也许是不自觉的。但就文学而言，却是极为重要的。也许，这种努力将被中国文学浩大前行的浪潮所淹没。但我们可以肯定的是，作为这浪潮中的水花，他们努力过，存在过，发过光，闪过亮。这已经是生活对他们的巨大回馈。他们还年轻，拥有无可估量的潜力与可能性。前路正辉煌。谁又敢武断地说，他们不可能成就为最具冲击力的滔天巨浪呢？

正因为有他们，以及千千万万为文学而努力的人们，中国文学才能不断进步，文脉永续，生长得枝繁叶茂并硕果累累。

2019 年 8 月 8 日 23 时 10 分，
"二青会"开幕之际于劲松
2019 年 8 月 13 日零时 24 分改于劲松

自　序

　　《主观书笔记》只面对我的"现在"，它是一部具有当下性的书。或者说，在我的骨子里，它永远面对我（我们）的"现在"，是一部永不会过时的书。写作这部书，大概用了我两到三年的时间，但是，不能说，我是全力以赴地完成它的。两到三年中，我既是"室内写作的囚徒"，又时时越出我"内心汪洋的战争"。我以我最谨慎、坦荡的方式观察万物变化，但我不能标榜我对时间的"分外注视"。我力图给予这本书的写作以前所未有的日常性，但我不能说我对这种日常主题的把握已经超越了我本体中的完整的自己。我只是以一种尽可能平淡的方式来对应凡俗而亘古如新的日常（生活）。它以一种横断切分的形容步入向生向死的通途。

除了写作的基本体式（面向我，忘我的），这本书是没有结构的。它可以无限组合。之所以最后定稿为目前这种样子，也是我为了使它读起来流畅而呕心沥血地打碎、重组的结果（费时半月之久）。但是，收录在这部书中的所有"句子"，都接近于一种"说出的流溢"。它们滞留于写作之痕的疾患已经大为减轻了。而在之前的十五六年中，我势必会强加一个浓重的写作之痕到我的文本。所谓写作的"煞有介事"，对我便是如此。

不过，如今看来，《主观书笔记》仍旧空空不着一物（"大河不择细流"），这也是我"呕心沥血"地追求的结果？不。我以为，我从未这样设想。我只是很少感觉到需要坚实地贴近外物的形体。我对"具体"（细节）统统不感兴趣。至少在这部书中，至少在这里，我对各类物象细节的舍弃是显而易见的。我以前确实说过：细节，有时会有被拘囿的确定性，它太通俗明了，不易于表达我们随时被蒸发和流散的"思想"。不过，如今我或许应该补充一句：在触及物体的容貌和神思的落地方面，我更看重后者，否则，我所有的写作便成了真正的空中楼阁。《主观书笔记》

还不是真正的幻觉文本,它的每一个句子都有着足够的"内在体验"。我只是尽我所能地逼近了我心灵之水的每一种流逝罢了。它的"永未完成",才是一种最根本、真实而客观的表述。

目录

主观书笔记

▎我心中的大粒星辰

001

童年的积雪盈日，像一句极静洁、极清苦的诗。

如今，令我热泪盈眶的所有事物都生长过了，也许只有回到茫茫太空，我才知道自己仍旧是个脆弱的孩童。

匠工：我总是渴望你绘出最好的纹路。我渴望听到你驻足时的铃声。我渴望水流像云霓瓢泼漫天。我渴望整个地球像一星之小，河滩和沙漠混合存在，空旷的羽毛蓄满你的脸，艰涩的风吹动，不过是艰涩、干硬的风（吹动）……

星云疾驰，大地在远去。像钢铁被装上了翅羽，那遥远的线条（道路与森林）在远去，变成了我们"看大地"时的无限虚影？

我们在万米之外的高空看大地，（大地）人间是枯寂、静止而小的。与我们向来的看法不同？大地上的时空深具"旷远、广袤、被发掘"之小。在云影渗漏的间隙里，大地上的人形是小的（蚁族之小）？

我们阅读，记忆和看大地。这是"别一时空"？古人是小的，在雨水落、灰尘落和乡村阡陌之间，大地上的事情是小的（不值一提的小）？

但我们已经不可能离开大地上了。我们不可能走出"陌上草草"。我们不可能始终"飞来飞去"地看大地。人间事物多如牛毛，而云层草草？天空中疏影横斜，云团如棉絮？

我们是大地上的事物？以坚实的、在大地上的居息"悬浮在宇宙中"？迄今，我们已经不可能离开大地上了，那重物的倾斜就是我们"感觉的倾斜"？我尽管写下了"悬浮在宇宙中"，但大地依然重如峰峦。

我们看那大地上的高山，一种无法理解（吮吸）的物质变幻。一种我们无法理解的"宇宙时间"？一堆长翅膀的鸟飞过了"我们的观看""大地上的楼厦"、一团"棉花白"。我们渐渐地酝酿了这样的时刻：看大地的时刻？

4

灵魂像悬浮在我们身体之外的第二物质。我们茫茫然地不知自己神魂之所在的第二时刻？我们是未来物吗？但是大地沉闷入鼓，它身负我们看不到的重物之"重"。只有天籁的星河黏附在我们经过的高空，"陌上草草"，无限时光奔驰，像一只只"空空（的）'毛茸茸'跳蚤"。

我一一凝目，几乎感受到了"他们的同时存在"。但是时间并不复杂，它浮在我们感受的表层，因此看起来像一只硕大蘑菇。

时间是臃肿的？

至于这个世界，只关注它存在的唯一事实：它似乎陷入了斟酌？

我慢慢地穿越，终于渡过了"整个中原"。（我的耳膜，鼓瑟而鸣。它如何识得旧物、识得我？）

万物正蹉跎。时间在缓缓地降落！

002

四十年前和四十年后，皆为长空远影……

要相信你的生命历程深具表演性，因为上帝造人之初即受到了如何造人的困囿。不排除他极偶然地发现了秘密的丛林——他最为犹豫不决的，是他的"爱与怅然的抽搐"。他的世界里大风密布，听命于他的万物既因从他而复苏，也因反对他而步入荒芜。大体情形便是这样。你应该理解星海的错谬，宇宙中万物阴晴正反相成……你只是旋生旋死的瀑布。

花开刺目和艳阳刺目是一样的。只是人死而生，生而灭，花开？像树木长蓓蕾、幼兽骨有"刺"（目）罢了。天空依然"湛蓝深远"（一望无边）。浓绿的乡间叶子、花开刺目的"乡间叶子""雨打芭蕉"的乡间叶子——都是一样的。花开湛蓝（深远），不需要驻足（要远行如过客）的"感觉"（豪放、破败）都是一样的。我们居于此，与居于彼是一样的。一切妄想都不比天空湛蓝深远：我总是抬头仰望烈日，机翼飞过高崖——一切飞行之梦都是一样的。但是，我已经不知自己仰望高空多少年了，我仰望（莫我肯顾）与低首俯瞰人间是一样的。朝阳的升落总是比计时的人（仪器）活得久长。我们有没有记忆（天之高旷而蔚蓝）都是一样的。都是一样的。

003

我不只是与我的亲人们，而且与静谧、黎明和日出共荣辱。

排山倒海的宁静……（我心中的大粒星辰）

生活所能够改变的部分，只是你无声的悸动。还有比无声更沉闷的事实，深藏于你内在的汪洋之中。

黎明静寂，如风临树（木）而不发，远方山峦身形蜿蜒但黎明静寂。宇宙（创造者的容器）变动不居，但时间如水流激涌——"传来万古消息"。是时候了吗？我们为什么会感觉到风吹树木（只是感觉到——）而时间淹留不发？

004

生当凌晨。天地一片昏黄。本为纪年的昏黄色。天地间寒凉，却能想象天地间一阵雷鸣大热。我们存储自己的命运"八亿年了"？在凛凛高山上，空旷的事物都不显形。

这空旷的阵容（万物不生，只有须臾，荒诞的）也毕竟存在过吗？毕竟存在？毕竟只是来此人世走一遭儿……毕竟只是闻"故"事，我们不须秉持一柄爱的火焰。

天仍未亮。曙色来得很慢。黑漆漆的世界里生长宁静（浩荒）的寓言吗？但宁静不只是镜面似的明亮，宁静还是一刻钟表的停摆。可以令意识的时间停摆：不产生联想和梦幻的荒诞？可以令宁静的意识停摆，不产生丝毫睡意，不诞生任何自我的凌晨。宁静只是令意识的钟表停摆。

时空渐渐隐秘：本当隐秘不存？本当漫漫荆棘路：那裸露的荒原上唯余这一小小事物？本当胡杨鼓噪……风沙的宁静只是最先的宁静？本当宁静的喧嚣？一朵云，一匹牧马，一处戈壁滩上羊只渺然，只有天地寒尘的宁静的喧嚣？漫漫：本是鸟影漫漫，鹰的智慧（雄风）翔集；本是爱的孤寂的翔集？本是晨曦微露的翔集？毕竟天光微亮啊：随时光的消逝而流淌，更改你语言的速率的流淌！

005

我只能在寂静中体味那金色光：我们一生都盘亘此处，设想那秘密出口。

我只能以寂静来对抗虚伪。以寂静来容纳深仇。

有时一个倏忽，三十年已然远离。我做好布口袋，来收藏你的爱。

我想象那枯树总是如此雷同：

在所有的刺向天空的苍茫中，那枯树如我的祖父：他盘根错节的手。

我们，一个平凡如尘埃的大地族群，已在异乡展开。

那集体般的劳作与困苦中，诞生一个执笔为生的奇特灵魂。

那金色的蛇盘，打乱我们的节奏。孤苦之感官。

我只能在蓦然中回首。那金色的夕阳隐没如更鼓。

那金色的地洞，盛放已逝者，先人之灵枢。我眼睁睁地看着他们落幕。

天地间都有异类之回声。我时常想书写魔与咒。

那金色的一定更为恒久。

有时光阴湮灭，土地苍黄色变，人间翻覆如虹云。

我只是喜欢那金色的温煦暖阳。

在沉浸无聊赖、寂然无所思的正午，我只是喜欢那金色暖阳。

我只是喜欢，毫无悲伤。

在层次错落的城市，我只是喜欢那金色的繁花。我只是喜欢，从未想占有。

那沉积的厚土层，有我的灵与肉。那白云尽头，有我的祖父母。外祖父母。

那白云尽头，有诞出我的母腹。

我只是喜欢那金色的洁净与芬芳。

在毫无遐想的日子里，我只是喜欢，毫无悲伤。

这无尽的白云，只是我的奇异感官。

我视杂色如盲。

006

需要打开一个笼子，放思想的熊虎到荒原上去。

我可以身兼三职：我的导师、魔鬼、我的敌对派……但遗憾的是，我从未看到我之本尊的到来。

比时间更空旷的是漫长的"活着"，因此我们鄙视那些渺小的击杀。

妈妈，我想对我的人生集中修饰一番。妈妈，我人生的破败太多，我想让你重新把我生一次。天地可以重新回炉吗？我想你该拥有斡旋天地的手，你该是我人生迷局中的神。我想在你的脆弱里变成一根竹笋。你该知道事物的空。我的四岁、四十岁的感觉是温暖的？妈妈……秋空如此明亮。天色是空旷、柔软的？

但是，风一直在吹。它是"泥泞的赞颂"。我想在我的卑微里重新生一次。这样，我就可以看到竹笋的空。这个世界上，没有人会知道你脆弱和坚韧的深度。他们不会理解你的皱纹在人世里的纵横。妈妈，我多想听你亲口讲出你的忧愁……秋空如此明亮，如薄脆的杯子。

秋空是明亮、柔软的？但泥泞是柔软的。我的诗歌中再也容不下大漠风沙了，我的骆驼刺是柔软的。你的爱是柔软的、薄脆的杯子？我在离开故土的时候一点一滴地想起你。你的六十多年岁月，是柔软的（坚韧、带刺的柔软）！妈妈，我想把我的人生集中修饰一番。我人生的破败太多，四十年了，我想让你重新把我生一次。你能重新赐我以生命吗？妈妈，这人世里最暴烈的风沙也该是柔软的！

深夜不是时间的起点，而是思考的坟茔，它埋葬了从古至今所有灵魂中的病。

我拥有太多的表层回忆。那些倏忽而过、习焉不察的岁月。那些拐弯抹角、不知西东的岁月。那些不知何时降落、何时消融的雪。那些不知何时出现、何时隐灭的人群。那些故事里的草蛇灰线也仅仅是一些凌乱的线条，它们终归没有连缀起来，形成一类新事物。它们仅仅是一些表层回忆，带着山峦之形隐没在夕阳的轮廓中。它们仅仅是一些曲张的路口、巷子、水流缓慢的河床。根本没有人会路过那里。没有人会看见鬼魂和鲜血。我们生活在这些表层回忆里，"生活沸沸扬扬"，冷寂而单调地"沸沸扬扬"。没有一丝变化？生活是诸多表层回忆的合力演出。我们活在自己制造的恐惧的幻觉里，沸沸扬扬地绘制了我们的昨日之形：不确定的、大可辩诘的、腐臭的、缩小之物的堆积？

当我们需要纯洁某种想象的时候，或许只说明了"我们想象的精度的不足"。

那弯腰驼背的神是你的先生，他之所以弯腰驼背是因为他性喜如此。他的所有的振奋点竟在于弯腰驼背。那容颜苍古不复春秋不会返老还童的人是你的先生？向他提问：体会他在身痛心悸中祭神的苦楚。但他的枕在你们集体之枕的上方。他是容颜苍古的罪人。

（……不要蔑视这其中的剧情，不要嘲讽你们这些罪人。不要去续写故事，不要捂着你的知觉，不要"哦"！你们这些容颜清脆的人？我丝毫不爱你们……但省略是你的职司！我丝毫不爱你们？你们这些容颜苍古的罪人……）

009

孩子们都长大了，已经上了大学，已经结婚成家。已经学会叫我"哥哥"。但是此前我所见识的年少稚气不见了，一种成熟甚至是沧桑的气质开始笼罩他们。让人伤心的生活啊，总是埋葬着人的成长，让我们不知不觉就远离了过往。但是过往并不会完全失去，它只是一点点地凝铸在土地中了。土地太硬，我们刨不出来（过往），所以不必刨了，也不想刨，一点儿都想不起来了。这便是生活，唯一被我们记忆和反复斟酌的生活。

一种刻骨的强迫性动因占据了我们生存的高地，但我仍然在回视中发现了它自甘颓废的倒影。

是谁铸造了世界？难道真的是上帝吗？那么，谁又是上帝的缔造者？上帝之母吗？一个我们所不识的妇人。而世界是感觉的各类形色。在探讨寰宇之由来的盛大宴席上，上帝搀扶着一个可以被称作"上帝之母"的妇人反复出现。他自己携带着这个世界之外用作世界构造车间的另一个世界？那么，通过创造世界这件事，上帝完成了他作为创造者的盛宴。而通过创造上帝，上帝之母间接地创造了世界。感觉是她的山川树木、洋流峰巅？我们是她感觉的宴席中的一点小小配料。上帝从来没有思念家乡，因为他只是我们的小小缔造。我们通过灵魂的闲暇完成了自我精神的出窍：一种澡浴式的、高昂的幻觉，一种心灵的媒介，一道通往无我之上帝的七彩霓虹的桥梁！

没有丝毫快慰。只有叹息于你我凌空错落的轩轾。只有阴沉沉的黄昏。三十年过去了，只有一种倚重于黄昏的曙色。我曾说：命运不可模拟。但是命运如此相似。希望总是在前。没有丝毫热烈的火焰。

没有丝毫快慰。时代的元素是一样的。使人失纵于忘情的命运？使人叹息于诗人的命运：不可识别。时代的吁求是一样的，是一样的。陷身于时代的沟壑，没有丝毫快慰。倒是有山楂树的叶子：日渐凋落。

倒是有昏黄而沉闷的曙色。总是"昏黄而沉闷的曙色"。有一管抒情曲吗？时代的元素是一样的。广场上徘徊的骏马，数十年铲除未尽的驴粪。都是一样的。我们喷着时代的鼻息。注意：时代对任何人的情感赐予都是一样的。是一样的。

每逢冬季，风都有些凛洌。被关闭和掩饰的窗子外面，影影绰绰的时代瘦如牛骨。

刺目的光亮如同异常的神性，如果我们不能很好地驾驭（理解）这种光亮，便很容易被它灼伤。我们很难直视这种"旷野中的光"，尽管仍旧是严寒中的丽日阴晴，但它仍然在浓烈地流播、散逸。我们无法关注……这种刺目的神性……似乎生命只此一途，别无所有。这是"我一无所是"的空阔和快乐。你不必疑虑和付出……这只是为我们所注目，但不可依恋的神性！

我需要在平地上驰骋的梦想并不次于飞鸟回归天空的梦想。

要是能够建立一个地名，最好许以梦幻和春草之色，当然，有泪水和沙尘也可以，有戈壁和荒漠也可以，有雪原和冰湖也可以，最好不要仅仅局限于一间屋子（一个宇宙），最好不要仅仅局限于一种孤寂（一间屋子，一个地名，一个宇宙："太小了"的宇宙）……

012

正午的星辰多么宁静而虚无（宛如它的根本不存），它隐藏在我们视觉的幕后。

我们的领悟真是奇特，是它晓谕我们一个空洞的全景，因此，当生活中的小宇宙布满小灵魂的时刻，我们便理解了一切劳而不获的物质背后，都住着一个蹉跎的躯壳（食神）。

我并不热爱，所以我的血是冷的。但我知道我的血是冷的而并不热爱。我毫无希冀地苟活于世，只为见证我（们）所有人如何度过这毫无意义的一生。

013

最好的生活是到处漂流，全身心地去体会、感受物是人非的沧桑，灵魂不拘于一地。灵魂不需要有精神的根。灵魂只需要有物质的根，只是因为要保证它的输出罢了，要保证它蓄满不死的营养罢了。我们落拓的心深知此理，因此总是遥望远方，因此总是想要"拔根而起"。

一种深渊般的寂静中的，雷鸣大鼓！

没有一个人可以逼近空荡荡的长廊，尽管它的周边，地域极广。

太多的二手房源已经陈旧不堪。太多的岁月伴随着已经垂垂老去的故人们，疲态横呈地占据着一段宇宙中的小小时空。它存在过吗？精神癫狂而落寞的生活，一生的局促、闭塞，一生逼仄的生活。一生只此一地久居（灵魂的潜行）？一生都足不出户（精神的被拘囿）？太多的二手房源都使我精神不振（怅然的观察和幻变）。我慢慢地体会着这种陈旧，却仍然只能带着一颗怠惰惫懒之心回归到我的正日日老旧的住所。我不得不在老房子里一次次地迎接我的新生活！

我为什么每年都想举家出去旅游两次，就是为了逃避这种窒息感（生存的一成不变）。只看到自己的、此地的，而完全没有他人、异地的，没有想象力的落地。没有不同的风景。没有时间和命运的层次，感觉人生没有掌握在自己手中。当然，旅游也不是完全的过另外一种生活的实践的落地。过另外一种生活需要从根本上改变目下生活的实质，需要从最基础的意义上想一想，需要重新改造一番，需要铺设新的轨道，连皮带肉都可以剥离……相当于我们一生中可以尝试不同的命运，但这似乎是不可能的？难度系数很大，因次会纠结，不甘心，惶虑，闹肚子……相当于我们总是处在一个幼稚的时期，为什么总是会想这些不靠谱的事？为什么就不能沉稳地接受现有生活的丰腴和厚实的赐予呢？

014

旅途，匆促如见？但是时间总是渺然（不可闻），绿色如此繁盛的"旧日"，时间"总是渺然不可闻"（穿越一切看不见的、不须分毫思想的原野）。绿色如此繁盛："生"意"丛织"。

似乎有太多的流水，但也仅仅只是有太多的"流水"。有太多的山峦般的流水。有太多的需要穿越的"笼中流水"。我们如此寂静、无所思地穿越流水（的纷扰）：原野如此寂静。

总是有这些原野"需要抉择"吗？黑漆的山脊静默的时间"太久了"！总是有这些流水渺然（我们完全无观感）？总是有一些沉寂的事物"如同流水"？总是旅途啊：寂然无闻的（沉浸的）。

这些年，我们穿越了多少旅程啊。总是匆匆行旅。各种各样的夜色、流水和行旅。多少星空？多少山峦之上的星空："寂然无闻"。为什么不可寂然无闻，仿佛"一株流水"的耸动？

我去无名之州：如识旧人般"烟缕渺渺"？如识旧人，如是："寂然无闻"。多少流水和树木，多少无名旧物，旧人，多少"无名之州"。流水之州？这些年，我们穿越了多少绿色（寂然的、不分布的、在我们心中堆织的绿色？）！

桥梁也是陈旧的，覆盖着青苔。坟茔也是，覆盖着青苔，"阶绿"？青苔！不思旧的青苔？我们与万物陌不相识，根本无从想起任何旧物："旧风景"。根本不曾相识的旅途，一段岁月的耸动：如此缓缓而逝，如此寂然无闻？！

015

我注视着你飞向远方，直到我已忘却了我的注视，你仍飞向远方。（飞翔是不可更改的。）

此生，我到过平原和雪山，到过大海和丘陵，但我仍未到过草原，仍未到过沙漠，仍未到过戈壁。我想过前往一切异地的旅行，但我终于没有决定执行。我因为畏惧珠穆朗玛的高不可攀，而畏惧自己思维的苍莽。我因为久居一地而拘谨了自己的外在，而扩大了自己的主观。

有时，大草原上未必有你们的猎物，猎物就在你们日日凝望的鸟笼子里……（致足不出户的人）（必须睁眼看世界？）

016

目睹他们遭受病痛的时候，我身体里的病魔仿佛也不能解除，我对他们不可遏止的疼痛感同身受？不，事情似乎比这要复杂得多。我几乎是略带厌倦地看着我们（所有人）的感同身受……

在一顿晚餐和另一顿晚餐的间隙之间，俨然是完整的一日，为了看清这个时间的层次，我们需要目不转睛地盯着一个光线清晰的"暗处"，我们需要利用我们的视力来发掘时间的单一的面向……（哪怕眼冒金星都不可退缩的日常生活……）

定一个高不可攀的预言式理想，则我们终生都可憧憬预言实现的一天。

017

我走过了空荡荡的十里长街，天地间一切皆未曾见。（在宋庄）

对我来说，也许最为有力的一刻永未到来。我把它归之为神圣的迷醉的一刻。我们惆怅二十余年的奔驰的一刻。我们追求天穹的柱子的一刻。我们修正自己的身心、安放自己的劳顿的一刻。我们的身心"都很健康"，但仍然在孕育着疲惫和衰败的一刻。这不是非常简单、不需要重视的一刻。在最雄奇的意识停驻下来自视，这是单调、薄弱和冥朦的一刻……

确实有种空荡荡的视觉在嘲讽地上的青草，看起来，天空和山峰都无比渺小。

回忆会增多（温暖的），像"复眼森林"一般增多。它通常意义上的母体其实是不存在的（没有现实感）。它面向未来的黑暗（慎重的）也是不存在的。它只是修修补补的增多，左旋右绕的增多。回忆通常会使黑暗或光明的浓度更厚一些，会使环城的行旅更为复杂和漫长一些。有时，我并不知道我所路经的是哪一片回忆（是哪一个层次的）？在我反复地追溯和验证的历程中，我成了一个在回忆中才存活和有价值的人……我是回忆赐予我的？即便是黄昏里的光线，也会因为回忆的介入而与往日不同。我是灵魂的裂隙里的生物？漫长、古怪、心生各类树种的生物？！

018

乌云长在山巅，幼鼠伏于田间。始终不能确定自身归属，而在反复找寻宿身地的，只有我们……（这自视为最大族群的人类，已然改变了世间？）（多么可笑的改变啊……)

在某些讲述者看来，听众是喜欢聆听谎言的，因为谎言可以去掉一切粗粝的事物本相，它们因此真正做到了"优美而动人"。

生命的完整与自由，既在，又不在。许多年来，我对我的命运抱有的那些遗憾（懊恼）席卷了我的全部（身心）。对于我的命运，我总觉得它不够顺畅，不可以如激流瀑布般贯通（涌泻），不可以直目凝神，一览而下。我的命运的完整与自由，不属于我的理想（设计），只属于与梦幻相关的草木山水，它们无须进入理想的层面。它们是必然如此？在磕磕绊绊中，在痛彻心扉中打开它的内在躯体，形成无形的骨骼。否则，我是意识不到我生活在"自然界"和"人丛中"的。我意识不到，就必然浑浑噩噩，就必然幸福而康健地活着，就必然幸运地流连于完美而自足的人生……不，这不是我的全部呓语！关于"命运之叹"的呓语性，其实并不决定我的人生为何，在根本的属性上，"我的人生"只是来自我已经无法溯源的部分……在这里，我坦陈了我呓语的窠臼：我的生命的最大的自由便是我的降临、我的生死。我已然完整地触碰了它独一无二的穹隆！

我还在等什么？冰雪瀑布会从阴沉沉的暮霭之城中降下来吗？

019

夜晚的寂静来临，我看见了不只我一个人的命运。我小心翼翼地关闭了我的心扉。

十三年（生命的轨迹）就这样滑过去了。我不知道我的下一刻会发生什么。我只拥有这一丁点微小的真实，被我仔细地记录在册。

020

窗外的树木也不只写下了一部书，我看到树木枝条的舞动，就像看到了一个卷帙浩繁的错误。

你的喉结突出，像一个病人。然而这是正常的突出？

你不明白，像这样的突出是令人意外的，它远远超越了我们的理解。你不应该让人意识到这一点：你的喉结突出。你的叙说于人世的腔调如是：始终在蠕动着。即使冬季天寒地冻，你也没有噤声。你为什么会相信天下仅你一人可以洞察？否则，你大可缄默。你在缄默时，一切意识都会淡出的。我们观察不到你的行动，你就是缓缓行动（不行动）的人。我们观察不到你的存在，你就是不存在（渐渐凝定）的人。我们是注重喉结突出的深度的人。我们是注重睡眠（缄默，不作声）的人。应该让你固有的徘徊稳定下来，投入到一切反对者行动中去。如果连他们也是无知和缄默的，你就更加可以保持自我的无知和缄默了。事实上，情况并未比此好出多少，你大可独对一切：你的言说之欲、黎明和沉醉的曙光？你大可独对你可能生成的言说之爱和悔恨：你的喉结突出的深度决定了你将在哪个层面上诞生。

上帝已经收工了，他将我们所抗拒的懈怠，轻轻地扔了过来。

我的心灵是有瑕疵的吗？我被这个无意间跑出来的句子吓了一跳。尽管我的心灵确实是有瑕疵的。

021

可以完全地达成黄昏的意愿，视晨曦为暮色……（在集体缄默的早晨）（在唯我的静止中）

天地浩茫，我们站在黄昏的薄暮中……（总有星月高悬）（而我们孤兀地生活在一个星球的表面）

我们在绝对的孤寂、摒除万物的迷狂中所能达到的思索状态并没有雷同于"生活"。换句话说，在这样的思索中，生活并不存在。

022

在月下踱步，这不只是我的黄昏路。不只是我的肉身。我在月下迷惑于往事的陈旧？

树影，寒风，在月下。在八月中秋的月下。
在稀疏（渐渐散却荒凉光芒）的月下。

在八月？冗繁的月下？草虫渐渐入暮：苇秆潦倒地活过的一生？

秋夜长空，月影婆娑、动人？

（我们在追逐何物？何种树：被拘束的、青黄不接的一生？）

一轮月，两个半径组成的江河。无限风雨。喧嚣的魂魄。撕心裂肺地喊出来的？

（没有天籁，只有万家灯火的幻觉、生活的影子？）

一轮月，百十个春秋。
太短暂了，相对于那些浓烈的爱恨（被模拟的幻觉）。
相对于那些没有光线照射的"黑黢黢洞窟"。

太短暂了，一年一度的周始。
太短暂了，一命一荣枯的"人类"。
太短暂了，小小寰球的须臾。

在月下踱步，环绕的是整个星球？

一个萧条的蹉跎的梦幻？一个错误的延长线？

太短暂了，仅仅是我们一生的须臾——

在月下踱步，面对的是所有的"黄昏的延长线"？

太短暂了，在日光月华昼夜交替的计时中。

且缓步垂目：

月影倒映水中——那些涟漪太短暂了。

这整体性的人类春秋、刻骨铭心的幻觉（依恋、不舍、断离别？）太短暂了。

太短暂了！这月光的江河。两个半径：一个圆心穹隆的昼夜……

023

也许只有我自己才明白我为什么不是思想者我，我为什么不是逃兵我，我为什么不是受辱者我，我为什么不是强居于此世的我。

那古老的铜长在我们的身体中从未被取出，但它无法成为一柄铁斧，斫去我们睡眠不足的酸痛。

024

想要承载清风和绿树的人都站在河边。大地的尽头涌起夕阳。你一定没有用尽一生的邂逅来看到它，因此你的视线是模糊的。这是仓皇和亘古的诗诞生的前兆。你不必急于奔跑和死亡，因为挖苦灵魂的工作迄今尚未开放。你只需要不发一声待在众神落泪的山上。

天地之间有片刻的悬置，我把我的记忆从此删除殆尽；我只是感觉到了"这种悬置"，但事实上，它根本没有发生。大寒之中仍然有无尽的人群消散、忍辱负重。大寒之中，风在凛冽地吹着，我想象着事物的金顶。我无法控制我愈加空虚（不存在、不坚实）的想象，或许，我该离你更近一些：没有了磅礴的杂音，我可以清晰地看到你；朋友啊，我可以在大寒之中祝福你。

025

　我的身体里住着一只手舞足蹈的甲虫，我以我的克制来服从它，我以我的感受来怜悯它。但它远远不只是一只甲虫。

026

　租住在隔壁的邻居搬走了，新的租户又来了。生活瞬息变幻的感觉使我只能手足无措地面对来日？但房子的布局没有更新？房子的主人没有更新。生灵变幻，那昔日的临时租户遗留的旧物中就包括我们不曾目睹的万物的生灵？我们从未踏足彼此的居所，我们不曾知道彼此生活的一星半点。但是城市啊，这就是我们的生活。通过小卧室的窗户我能够看到的只是一个在厨房中忙碌的形象，我甚至连他（她）是男是女都不记得了。年复一年，我们的生活就是这样变更着、衰老着走过来的。那些刻在我们生活中的皱纹、屋子里渐渐生出的岁月之感可以证明这一点。有朝一日，这幢楼房会变得彻底衰老、被拆除，不复留存于世，就像它不曾存在过一般。它的好时光会比我们更多、更频繁吗？我们生活在这个世界上的确有一些年头了，但是我们很难生活得像一个久远的标尺，能够铭记一切世事。那为我们纪年的老人们已经面目含糊，口齿不清地靠近了人生的终点：他们也是生命的租客吗？在某一些黄昏、某一些夜晚，我们终究也会去返流连、踟蹰无序。上帝会为我们垂下人世的悲悯？不，他也只是一个宇宙的租客，因为他的存在，我们的神情（视野）会变得迷茫、陈旧、灰白……

027

枯崖面壁，只是最低级的修行，却足令千万庸人心怀砥砺。

我以为我是在注视着南方，但事实上不是。我的目光或许已经穿越了地平线而抵达了我所在的反面。在我不可穷尽的远方，有着我们视线的闪光。

独处的荣耀，我们灵魂的穷困潦倒。

大地只是局促于天空的一隅，但它仍然"太大了"，我们的心无法装载它，我们的嗅觉无法抵达它，我们的视野是一个无折扣的过失……（在天色阴沉的早晨注视窗口外的天空）

028

一个人孤独地生活着，会同时感受和泯灭世界上万千生物。孤独，是对心灵流水的体察——幻觉，是对来日阴晴难以确定下来的幻觉。孤独是一种微生物一般的蠕动幻觉。一个人的意志力阻挠他对于孤独的改变做出抉择？不，其实正是因为他迷恋这种微生物一般的、飞蛾扑火的幻觉。他会被孤独吞噬和烧灼，但不会辜负自己最真实的体察式生活。他的体察是实实在在的，他的孤独是为了他的生命的不被辜负。他是最重于与生活保持一种感觉上的稳定与平衡的人！

029

交流的真正苦楚在于它的不可交流，形同"某种辞费"，但这是在日常生活中，我们的周身遍布了这样"不可深入"的针孔。

沉默的消解打乱了我的生存事实，但是一种物理意义上的沉湎，却使我苏醒过来了。在许多梦境出入之地，我拉动着整个世界前行。我遭遇一切感受力的刑罚，因此弯腰曲身，呕出一个小神。

030

太早的黎明，曙光微露。我从这畔渡河
用尽毕生的力气。
荷叶田田：我不会坐船，不会摇橹，身心晃动
而人间色相把我害苦
只有几句诗，是来自心底的呼吸
我多么思念十九岁，十九岁的无知，十九岁的怅恨

也许若干年后我还会返归此地
形如古迹
宇宙洪荒，世间事多半不可测度

南岸。水声潺潺只是别人梦中景观

今夕我只有怀念：荷叶田田，蛙声如犬吠，此身如寄

那河底的流水也浑浊了

我们寻找白石崖，那崖边的枯藤变标本

老树变狂风

碎石头。取经僧。来如去。死或生

白驹过隙。

南岸已无旧人。我为这流逝感激、涕零？

031

凝神最难，因为思维本身是困苦的……

世界上如果有一等一的风景，请先赐予劳苦的心灵吧，
因为他们最需要的便是安慰和美……

在自身的命运深处徘徊，但从来没有能力冲击到思维
的极限……所有的极限都被分解了，我们看到了一堆碎屑。

空气太空了，毫无着力处，所以，我撬不动它……

032

感觉死于盛年？是一个接续一个的夜晚。"黑黝黝高峻的夜晚"，高天微雨弥漫。湿漉漉的人间？似乎只有湿漉漉的人间，"烟火蒸发了"，万物不比一棵树木：葱茏、茂密、盛大。总有不识，辩驳：为何如此？总是有"沉重的清醒"，面对一天中最大的"飞翔"？"空虚"？"突兀而至"？心情不得不尔的旅行？总是面对，总是现实，总是短暂的不得不尔，"心情的旅行"——秋天如至广漠。荒原。无限的峰峦——高天微雨弥漫。只能独立"阳台上的寒秋"，远观树木、尘土，高天微雨弥漫。

我似乎知道已经是这样的秋景。独立寒秋却不过如此。没有人伫候的夜晚。也是"黎明"，也是"夜晚"：也许沉醉。不得不尔。也许是这样的夜晚。黎明，"微雨之意"像孕育婴儿一般，漫长而绝望地，从高天里飘扬：降了下来。必须有微雨？否则诸界皆空，连天"广漠"。遍地只有灰尘，遍地都是灰尘。连天灰尘。"黑黝黝高峻的灰尘"。

我知一切，"无所见"。物质是激荡的、飘扬的，但一切如不识。无所见。"无所运命的灰尘"？

033

光线的虚实明暗同我们的沉坠感或升腾感交织在一起，如何分辨它们？连上帝都没有答案。在无人注视或想象他（向他祈祷）的下午，他变得异常忧伤。

为燃烧的烈火：我指的是为燃烧（而存在）的烈火，而不是为了"燃烧的烈火"。这微小的语意差别，如今被我讲述出来，如同讲述真理。但因为真理本质上的不存，所以我的讲述就充满了被强调的荒谬。我为了这份荒谬，陈述了一种不言自主的快乐。

我们共同的沉闷当中孕育出了这些事物，但我们向来未见其形……（连我们自己也在苦涩的诞生之中？）（是的，上帝根本没有爱过我们中的任何一人……）

这一个午觉，睡得太长了。从中午一点起，我整整睡了六个小时。所有的故事都因为睡眠的延长而变得昏暗起来。最使我惊奇的是醒来的一刻，我居然看到了天降繁星，无限的穹苍照在我行将苍老的心上。但我仍坚定地相信，"午休使我天然增值"。那些睡眠之前已经衰减的部分开始一点一点地复原，我几乎再也不需要用力就能够回忆起我的"未来"。

我站在异常遥远的前方看自己。我知道我是在一座山丘里睡过去的。那些密密麻麻的世人都已葬于草丛，但是上帝的鼻子上挂着露珠，那是他所创造的那些人的灵魂。他们密密麻麻地挂在他的"心上"。大概如此吧。上帝的心是隆起的，他的鼻子贯通着他所有的悲伤。他的所有的悲伤淹没了最为冷漠的季节，使天地间的一线再度混沌不堪。我的"未来"就站在上帝曾经驻足的地方。

我知道，我是在许多人不加注目的时候睡过去的。这样很好。上帝也不用特别地提出告示，来防备我在中途突兀的"苏醒"。只要我的睡眠到位，这些所有的故事就会慢慢地朝前走，它们不必怀疑自身的速度会低于上帝的额头。上帝的额头长在他的心上，他的身体的所有曲面都连通为一线。上帝居然是长鼻子的，上帝？

我醒来时繁星照耀，但是整个宇宙（我的视觉的所在）已经没有一个人类了。我几乎再也不需要用力就可以回忆起我的"未来"。我喜欢的上帝也是个胳膊腿都健全的小人儿？我想象着他向我逼近的一天，我控制着我已经死亡（瞬间的快感）的幻觉，我应当喜欢这个胳膊腿都健全的小人儿。也只能如此了，他已经呼吸了天地间的最大芳醇。也不过如此啊，上帝！

我曾经在会议室里待过很久。上帝坐在主席台上研究我们的"未来"。但我昏昏欲睡，我一直处于回忆之中。上帝和他的"仆从"们的会议室里密布着花草上的露珠。已经在通向天国的人群中的灵魂。人群中的露珠。我处在密密麻麻的昏睡之中，只有如此，我才可以保持我不被上帝发现的错觉。事实就是这样，上帝并不高高大大，他比宇宙（穹隆）都要小。小得像根虚妄的指针。他积累了我们从无到有所有不可忽略的部分。但他仍然比万物都要小。

我醒来的时分，悲伤和繁星已经降临。我醒来的时候，我的床榻已经朽坏了（生出了千年的裂纹）。我醒来的时候，我的爱欲也已经降临。我轻轻地泯灭了我的记忆，尽管所有的"未来"都在向我靠拢，以抵制上帝激烈的调门。我不喜欢站在山丘里听呼喊，我也毫无再度活一次的好性情。

"那是乡间的一个傍晚。我坐在我的阁楼里关着的窗后注视着那个牧牛人。"

如今当我再度回忆我的睡眠时，天上的云层飘过星河，我孤零零地活在我的"死亡"之中。我无法建立我真正的回忆就像我不知道这个星球上曾经有过那么多灿烂的露珠。那些一点一点缩小（贞洁的缩小）的灵魂？那些锦心绣口不知妄言的虚数，那些不存在的、自我克制的灵魂。那些自我苏醒的灵魂？上帝和他的"仆从"们峭然立在会议室里，为了一个不存在的未来展开激烈争辩的时候，我所听到的天籁只高过了一宿星辰。

我渐渐地自我抑制，将生的虚无变成此世最坚实的泥土。整个山丘本是我们人群建立起来的，它隆重地站在天地方圆的正中（像一个理想的极限）？我偷偷地以我的虚影观察上帝。这个很少会让人觉得慈眉善目的老头儿。我站在他的身后，观察着由他亲手制造的生之虚无。"你的午睡太久了。已经长成了一个牧牛的穿隆？"我听到上帝的肚腹之中，有如此不可辩驳的大声。

我从我的睡眠之中逃了回去。我的"未来"已经草木不生、无法形容。我站在日益破败的世间，看着那些露珠集体蒸发，变成一些白石灰、灰石灰、黑石灰。我的心跳迅速异常，就像自我分裂（物理性的）前的征兆。我不知道上帝四顾的荒野是否仍然伫立。我不知道那些与上帝展开舌辩的斗士们是否仍然活着，但我坚信整个世间已经没有一个我的同类了。即便作为"亡魂"，我仍然能够感到那种飘荡无依的孤苦。

在这个意义上，我是不相信任何上帝的。

但是，在日复一日的回忆之中，我的"未来"为我建立了思念（上帝）的星群。他的塑像变成了我午睡方醒时分的一个图腾。我在漫长的午后看到了上帝无所不在的面容。我渐渐地热爱上了上帝。我爱他？"那是乡间的一个傍晚。我坐在我的阁楼里关着的窗后注视着那个牧牛人。"我学习牛哞以赢得上帝的欢心。上帝渐渐地意识到（看见）了一个"亡灵"的存在。我在整个午睡过后的漫长黄昏，开始聆听上帝内心中划过的那种流水之声。整个山丘都变得空荡荡的（草木不存），曾经洞悉万物肌理的会议室也已经破败不堪。风吹过大地的须臾，我看到整个上帝和他凝视过的露珠都变得空荡荡的。

河流像个酒壶，它流过了我们烂醉的头颅。

梦醒的时候，我打了一个寒噤。鬼神都在夜里回应我，他们集体打着寒噤。

一颗太阳已经够用了，如果明媚的时日过多，我们就会被自我的饥饿烧灼。我们会变成浩瀚的烈火，我们会缺乏柔软的杧果。

梦境完全是另一套系统，它独立于我们的生存。

在我们所求无多的梦里，只剩下一种可能：阅读你、向你致敬的可能；饿坏你、鞭笞你的可能；忘却并诋毁你的可能……这所有的可能最后综合为一种可能：一种形而上的粗俗的可能，我们看到哺乳的人类却并无一丝怜悯的可能。大地上汪洋般的风刮过，那些姹紫嫣红的事物使我们发疯，它们美得使我们发疯！丽人泽国，心头霍霍，它们坦诚和乖缪得使我们发疯……

036

巨大的虚无降临在日常生活中的某处
我辗转于如此岁月已久

正午的街头人流匆匆：西部山形隐约
在我的肉体之外，灵魂无法察觉深痛
而那欢乐，使人心醉神迷
我常常心生茫然的爱意

欲望是卑微而迫切的。它洞彻世事的肺腑
至于爱恨，它同时被消解
那斜躺在床榻上的暗夜，日日逼近，日日疏离

穿过词语的滔滔浊流，穿过饥饿年代里
一切妄言者的残躯，我只觉得疲惫
那隐忍的人众也会写出不安之书

此时夜寂。

别处定有人修书。时当神意降临的时刻

我们依偎得更紧，直至融为一体

这是古老的旨意：闭上双目

我可以减轻自虐。知觉并非一块冷铁熔铸

我想找人说说话儿。远方鼓乐齐鸣

这悠长的百年，瞬间成为浮云；这最优美的抒情

最后也沦为低俗的吟唱

路边的灯盏宁定不动，路边的灯盏宁定。不动。

何必反复？这空缺的部分是我们未及的一生

当我们化为万物，何必与那巧言者相逢

我只与大诗人心有戚戚，哈哈哈哈

世间常此鼓乐齐鸣

但此刻夜寂。幸福复至：我确实只想与自己共语

Ⅱ 宇宙洪荒絮语

037

我在受苦吗？（问上帝）（天然的玄机）（我们神情中的病理）

天空总是那么湛蓝遥远，是鹰在飞翔？是鹰吗？是白云吗？是我们一望无垠的未来的限界？时间，是密密麻麻的金线！

站在屋脊之上，叶是绿的，树木是枯干的，梦幻是蓝色的。密密麻麻的，时间的金线！

叶是枯干的？树木是绿的？生活笨拙，粗硬，总是令你惊醒：时间，是密密麻麻的摇曳的金线？在空气里颤动，如失魂的、未知其来与去的，命运的金线！是那密密麻麻的、蓝色的、枯干的、梦幻的、绿油油的、急匆匆的、时间的、缠绵的、婉转的、藕断丝连的金线!

天,在降下瑞雪;村落在张大,失去那最初的、荒芜的、城堡的面目。失去道路,一粒一粒的种子。失去你的头颅、热血的胸腔,失去你的镜面。失去你的:时间;弥漫啊,密密麻麻的金线!

失去屋脊!你的视线只剩下一个匆浅的平面。失去鸟羽!你的顾盼只剩下一个穷途的平面。在溶解的血液里,你密密麻麻,像往事丛织。你,一个庸人的面目,被描摹的幼兽,被注解的水源?

天是蓝的、空洞的、苍茫的。一望无垠的、战战兢兢的、招摇的、婆娑的、舞姿翩翩的金线!你何曾记得蜜糖一样甜的物、我、密密麻麻的走兽:"人间"?

038

我仍将徘徊在命运的沟壑里,理智告诉我,这或许是一种伟大的正确。

四十年人生的丰富造就了我……我痴情的享乐,不懈

的抗争，刻苦的受难，无端的感伤……（一切都如此遥远）

（我仍在窥望，仍在想，升斗大的生活）

是哪一种职业的选择可以满足我们臻于不死的空间？我们需要不死吗？不，我们只需勉为其难地活着，而职业只是推动我们生活下去的阴影罢了。（不是事物的实体？）（世界上所有的职业都是有益的，也都是有罪的，因为它们使"万物"生生不息。）

039

有一道生死之书，是我们的胎记和命运的绳索，它如此隐秘地生活着，如此茫然不见，却又总是"如影随形"。（《夜的胎记》）

总之，我们不可能清洁一身进入新世，我们与生俱来地，总是带着"旧年的灰尘"。

任何所见都不会比我们的想象更老——我经常沉浸在这样一望无垠的黑暗中，晚霞尽落，肉身浮动，我们总是无法兀自绝尘去。多少年了，我们落在"巨大的人间"，烟火泯灭，夜的芒刺突出。我们总是个体。我们总是勇士。我们总是"模棱两可的个体和勇士"。

040

太清明的视觉是无法向外投递（形成注目）的，因为世间万物都既狂暴，又羞涩。带着这种无人呵护之症，我们只能"粗粗阅览"人间，那些"烟火里的尘埃"模糊（加强）了我们的视线。站在一个自以为是的制高点上，我们远眺峰峦——这是我们自我制造的感官。它容纳了我们所有的"爱与彷徨"。

打开"天光"，便是发现你的纯粹性，但这纯粹性愈来愈不可得，因为你已经触探到人世的欣慰，一种无比芜杂的、具有诱惑力的欣慰——身心的蠢蠢欲动。但是"天光"密布，晶莹剔透，你必然有从令人欣慰的万物抽身的一刻。你应该懂得，这一种天籁的静止，只是你弥漫于潮汐之中的创世。你身不由己的样子正被上帝所捕获，他酝酿了你在梦境中的（身心）建设。

48

041

我在早餐店里用食，正午久候不至。

时间的螺纹是不惧走兽的，无论多凶猛的走兽都不惧。它们黏附那些密密麻麻的碎星，使平阔的田野里长满了与它们一般齐的"晨昏""流水"和"姹紫嫣红的花儿"。时间的晨昏张弛有度地来临，走兽悠悠像云霓——那些姹紫嫣红的花儿！

时间的螺纹是不惧走兽的。它们发明的步履比走兽的疾奔更速。然而人间却有姹紫嫣红的花儿，它们拟定的开放之期是狭窄的时间通道里的碎影。多少过客葳蕤滞后，多少命运逶迤而来。然而，它们是姹紫嫣红的花儿！

我们有多少惊叹呐。果然人生易老，悬浮的生物垂落下来堵塞河道。然而天公作美，整个星群都距河水咫尺之厘。红酥手，黄滕酒，多少云霓羽衣，都只是一个缓步于沙尘中的背影。春日的枯树新芽？天穹下稳如磐石的山形！

烛光摇曳的幻境中，幽冥遍地。花叶初萌的时辰：我所想到的、聆听的"幻觉遍地"。我看到了被青睐的事物所担心的"最后的觉醒"。南方雨水淋漓，摇曳的烛光：辉煌而难忘的"最后的觉醒"。那正在跃起的上帝是最后一个花卉的上帝吗？愿赐福者的面目招摇在我们的心中。故事升起来了，上帝正在溃败中觉醒。他体察到了万物而不仅仅是他出神的内部。他携带着他跨越了时空的躯壳游荡在太空中。他是这样地迫近了他的崎岖、破败的世间心。他的视角是一个落叶归根的弯曲的视角？但是世间已经确实看不到他。他确无凡间星系，无凡间物。他确无觉醒和悲悯的面孔。

042

我的内心里住着磅礴的猛兽，它在静夜里的呓语咆哮似虎。

喃喃自语：我不能认同你同时有许多企图。你很愚钝地，同时有许多企图。你不是我乐见的那些人。当然，你不可能同时讨喜我的正面和反面。他们自然是相互拒斥的人群。路过昌源河桥：就是这样，斜阳已经漫过西边的山峰了。我仿佛二十年前就来过的旧地。"夕阳落下，日子重新开启"。不，你不必喃喃自语。星辰不太喜欢你的喃喃自语。你企图更正树木，企图扩大植被，这都是很好的，但没有人喜欢你的喃喃自语。你为什么不收起你佯生佯死的鬼把戏？

他其实只是"喃喃自语"，但却是有力的。将感觉的事物贯注以某种时间的脉络，他抵达了某种将生命证实的虚空之境。我们生存的每一时刻都是我们死亡幻觉的补益，一种前所未有的获得感，令我们身心倚重的！我有时会远离他，但在根本上却从未忘却。我觉得我的思想尚显芜杂，没有哲学内涵，对本质性事物若即若离。但是，我的预期是准确的。他毕竟总是在接近我们。一个小时都不多余，一分一秒都不多余，连丝毫的解释都不需存在的……他的妄想改变了事物吗？不，他只是写下了他对自我感觉的遵循，我们依赖的正是这种没有走错路、不需回头和顾盼的本来的遵循！

043

土黄色的垄亩并不颓唐：颓唐、沮丧的是我们的肉身。这不是理想主义的，这只是辉煌落幕前的肉身（存在）。

乡村的冬夜仍旧是寒冷的，如北极的星群：仍旧荒寒、寥廓。但是，这才是我所理解的、我们生活的具体的所在。我们没有密密麻麻地生活在人群中（城市里），我们没有密密麻麻的感受（喧嚣的、细致的，并不受到抑制的）。我们只是生活在乡村里，因此拥有那些扎根很深的事物，可我们的理想并不因此而突出。我们只是像自带命运的锤子一般生活在乡村里。

我的茫然无缺似乎来自我对我的自知的远离（我的最大的生命玄虚）（我的木然的失眠）。我端庄地静坐在夜色中。远方的山峰："通透而沉闷"。

我该成为人群中的一员吗？不。为什么不呢……无限的纠结：差不多这样度过了一生！

044

聪明人，你自然理解世界史，从无知的层面上理解，不斟词酌句地理解，能够洞悉它的所在（常识），能够不心怀激烈地爱世界史，那些流淌着血的、月色的、枯枝的、海大洋深的、斧头般的世界史！

透明的天光使人迷恋……给我打开一条通道，让我去上帝那儿洗个热水澡。

045

需要建一所玻璃房子？通体透明，立于天地的正中？

最友好的秩序感就是这样发生的……没有秩序感，它只是充满了心口不一的告诫；充满了矛盾和歧义，不解决任何实际问题，但对天地之永恒充满了最大的理解之同情；随时都在接受闪电之发生，不惧怕追捕之劳作和失落的雄心，不惧怕谈论同一问题（反复地、持之以恒地、一次比一次深入地）；随时都在否定自我，但一定能够认识到（匹配）感觉的邂逅，一定会返回来（离开感觉的起点后的返回：倔强地、从容地、向死而生地）；随时都面临着清晰的月色、烘热的血、树枝的百日萧条、河口的白色的"一道凝练"！

046

或有两类人存在：一类是志在筑营的人，一生处于不断的建造中；一类是不断地拔营的人，终生都在为了找寻一个合适的营垒的流转中度过，那路上的苍茫落日，变成了它们记忆的星河。

047

我们的前世一定是在地穴中谋生存的，否则，我们无法解释逐日趋光的迟滞。

思考之困可以堆积成一座山峰，诸神都懂得它的来路，诸神都将它视之为人世的灰尘。

盲目崇拜的一个基本前提是相信所有的煞有介事都是正确的：他们可以把无关的事物之间配注以全新的韵律。但是，我们知道一切盲目崇拜者和谬误制造者的狂热本相，他们在这方面有着无比动人的和谐。

人是恐龙变的，星星是猿猴变的，鱼群是哲学家变的……（印证了我的梦！）

048

夜间飞行器只能闪烁着暗的光。它精巧地飞到了天幕上。由远而近，我看到它飞过了我们的夜空；但从未近得可以看到它的腰身：它的曲线，夜间的飞越、不舍，机械装置艺术。我是在平台上散步时看到它的。然后，我意识到了它的最高的美？我是在我抬头的一个瞬间看到它的。然后，我就原路返了回来。它的旋律在呈现，慢慢地：一种象征：黑暗中的夜空。我的夜间散步变成了自我生之际涯的最高救赎。

如何勾勒一幅月色？每每念及这一话题，我就会感到厌倦、痛苦……因为相对于我们生命的有限性而言，月色似乎是天然的造物，它的存在，是基于一种特定的情境而设计的？不，不，它只是一种天然的造物，我们不应该脱离"孤月高悬"的想象去绘制它……

在物质的茫然之中，诞生了我们的肉眼凡胎。

爱你的每一种生活：当下的、过往的、精神的、物质的……就像爱你为之奉献了心灵（令你迷醉、不可审察）的艺术！

时间，并非一一罗列，漫长而不可恕？至少它表达了一种情绪的真实。至少它表达了一种书写的观念，自我击噬之心。它务必吞吃，不可苟且。在这个夜晚啊，众生且不可苟且。我们都可一侧首，凝望到那高楼、月色巨兽、古道西风、瘦马驿路。我们一侧首，时间兀自过去了，留下满屋子关于它的腐臭。

050

鲜血长在高树上，沉铁埋入地底……（宇宙洪荒絮语）（一次小练笔）（无名的断想）

我不见得能够记住你（此刻），我不见得会迷失于记忆（密室），我不见得会拥有一只重锤（钝角），我不见得不会倾心于历史（枯燥的学问），我不见得我只是一个人（万众一心），，我不见得吃掉了整个星球的味觉，我不见得不会裸身沐浴，疯掉，在巅峰中看到指路明灯（漆黑的旷野）。总之，一切都在光芒的折扇里（"赭黑色的玫瑰""高热的岩浆""枯思的河流"）……总之，一切都是我的喷涂：我捞起了我的"如云般漆黑"，我捞起了上帝迟迟的律令！

天地大饥。我感到很匆迫、无力。（一种莫须有的思考）（没有见证者）

我到底度过了怎样的一生啊……当我这样说的时候，我的一生仿佛刚刚降临，我模拟的是婴儿的语气，却装出了一个早已历经沧桑的老者的口吻。我以我的模拟和梦幻，来换取一种言说的无能。

生命充满了弧度感，每一个弧度都在分裂新的弧度。但我们不该将其夸大为我们能够将其聚目为无穷的复数。那细小的繁衍和增殖既会成为我们的福祉，又可以成为我们的灾难。

道德讲坛：忍住你的饥饿，去向野狼喂食吧。

我不记得任何当下时刻之外的其他时光，我对自己的感觉，对整个世界的感觉就是一种空无一物的流逝。对我来说，时间不一定是一种被准许的存在，它与我所处的空间交织但却隐去了全部的踪迹，这使我的记忆的发生毫无意义。我有时不一定知道我曾经希望把一些突然生殖的时间填充起来，我一定尽毁了这些秘密，这些没有影子的透明的结晶的颗粒。

052

我们的"情不自禁"越来越少了，不存在了……（浑噩论）

我们总是对自我不及的尘世好奇。我们总是对自我的抱残守缺甚少洞察。但我们不应该爱他人的生活。我们只可以尊重他们。我们都没有必要去嫉妒他们。但我们大可以放任自己去看到他们。

正因为他的爱与说出像真理，所以他成功了？但他没有成功的意志，这样所指坚定的词用错了地方，但这又有什么？没有什么事物是永存的，他时时刻刻的"灵魂涤荡"（耽于冥思的快乐）改造了他。一切生活都是我们灵魂的杂役，我们无妨以这样无惧无畏的心态去对待它，我们无妨以这样无嫌猜的爱去禁锢它……我们本来应有的，便是这样无嫌猜的生活！

寒冷搅扰着你的灵魂，你总是忍不住将所有的记忆暴露在寒风中……

053

黑河接踵而至。但光明蜿蜒起伏于高空。我离开世界（背景：阔大、郑重、肃穆）的时候思绪空空。我只看到了一只鼓胀着虎皮（骨头的隆起）的虎。但是何必借重这些来表达我的阐发呢？我的思维空空，只是岁月尚在彼处。物质在游走。我们都生产一些思维的虎。天气凉了，我郑重地看见了你丢弃在悬崖背后的思维的虎。我备受鼓舞，但与你绝不雷同。我们定然不会有词语的负重。何必借重于词语的谵妄之嚣声！

每个人都在他们的生活中运筹帷幄，而后，他们准确地获得了树叶、华服和实物。

我时时想着能站到我灵魂的起点上，但它可能是个蓄积大水的深渊，我得随时提防它……（以防弄脏我的草鞋）

早春的万物都在昏睡，我带着满身心的厌倦穿过了天堂的阶梯。

只有将它们自高空垂吊下来才有故事。亿万年了，时间已经裂成灰色。但我们仰首空空，看不到一只鸟的爱物。这令我们沮丧，患于得失。枯坐家中是为寰宇，死于灵魂多思只是轻薄。我们爱，但无色的变幻萧瑟如火，它已经焚烧过了，但我们缘何孤身独对？所有的重逢都瘦骨嶙峋，只如一个个单薄而道地的影人。

054

穷尽心力，似乎只为长睡前的片刻宁定
而漫漫此生，不知何故已如绝迹鸟兽
前后都是来者，往返都是众生
我遗忘了自己初临人世时周围到底是何种颜色

仿佛已经不是一世了——而是无数
我看着忙碌行走的同类仍是困窘嗟叹
这上下五千年的生命长廊

有多少同命人，就有多少俗世里的歧异长存

活着只是一种义务，这朴素的人间至理
是我们十兄弟的心结，多少年了
我看不到你们，只有共同的麻痹与爱恨
精神不是物质、动作，只是人言殊途

我们热烘烘的冲动已经消退了
请你转身：那始终站立不动的雕像笑如痴呆人
这高声部的广场音乐响得震耳欲聋，不错——
这是时代之赐，我们总在回避但随处可闻喧声

055

在长江三角洲某高速路转弯的地方，我看到了绿色的旋绕、大地和荧光的旋绕。但它们在我的记忆中沉睡了五年之久。如今，为了使"想象中的春天"尽快降临，我想起了它。它是我的灰色岁月中的绿色旋绕。

056

生活的，曲折的万象，不进入的……

洪波涌起（海浪飞舞）。但你不是唯一的。那海水清晰得像被蒸馏过了。在这些时光段落里，我看着树木萌发出新绿的春色——我不知道我能看到多远——山脉，海水：洪波涌动。我的思念和你的发辫……如此绚烂的，你的发辫。在这些时光段落里，思念已经止歇了，它奇妙地停滞下来：倒流，荏苒，匆忽如一梦。我仿佛看到了我的异能，匆忽如一梦……我酸痛的臂膊……然而是那些不可察觉的时光："匆忽，冷漠"！

我们不应该使自己具有好奇心，因为它太笨重了。

057

不要同你不理解的事物争胜，不要无谓地"完成你的自足"。不要以空荡荡的衣袖面对空荡荡的风，因为那等同于"没有感受"。我们可以生活在感受力的抽离之中，但千万不要再（刻意）强化它们。

慢慢地熬，火苗大小正好。去拿你的浴袍。

征服世界只是一个过时的道德律条，但很多人并不这么认为。（他们在多数时候的雄心也无关事物的本义，他们只是觉得需要这么说出。）（一种内心化的伟大壮举。）

058

伟大人物的一生有意无意地变成了时间的浓缩和壮丽的集成，在他们这里，同样的时间长度中充满了各种可以剖解的裂痕。我们在其中划出了无数节点，从而绘制出全新的（密密麻麻的）时间。

059

意义也是不绝对的，它的天性中就蕴涵了争辩和战争。

我们都没有风景大，没有心大，没有黑暗的心大，没有惊涛拍岸的波浪大，没有高山大，没有峻伟的山大，没有隔海相望的情侣大，没有漫漫光阴大，没有生死大，没有望不到尽头的"无"大……我们虚弱的"思想"没有生活的小指头大，我们没有自己的局限大。

060

闪电照亮天际，而其人已逝
时当春日，怀旧之心尤大于往昔
但其人已逝，我打开厚达八百页的书卷
那异日的气息如灵感忽至

孤寂。
只是源自同道遥渺，不，不，不
面对知音实是一个古老的幻想
我从未想过要走那样的远路
但风雨殊途，我已读懂了长生的旅人

夜间灯火微明。我间或以彼之力
使自己刻意清醒，寻找灵魂的巢穴——静夜啊

前人多半此刻用功，使自己沉于意识的底层
那滚滚雷声仍在酝酿中。我合上书卷
悄然注视封面上一行大字
与子同谋。些许杂言。雷声隐隐

我正领略寂静——夜火已灭，此身安在？

061

似乎每个人都是坚固、庞大而杰出的，无须任何增饰，这令我感到迷惑……（我何不模仿他们每个人，做他们的专论，成为他们彻彻底底的学生？）（一种困倦带来的友情，我满怀疑虑地鄙视自己。）

白茫茫的北方。无雪的、白茫茫的北方。枯枝败叶、春寒料峭的北方。我记忆了四十年的北方。雄宏、憔悴、无可辨别的北方。

务必使我们日日牢记的：最肮脏的晴空万里喧哗。我
们最不可及的晴空万里喧哗。我们最感得色的晴空万里喧
哗。我们最大的沉默（死亡般的沉默）和晴空万里喧哗——

与务必使我们忘却的（彻底清除的记忆）——晴空万
里喧哗——

一天天地交叠在一起，一天天地相互提示和会盟，以
此体现我们的不纯。"浊酒一杯家万里"的精神喧哗与内
心思考的不纯。那最能体现我们灵魂深处的事物引发了我
们阐释诗的静谧和黎明时的睡眠不纯——

鸥鸟醒了过来。它以天空之倾斜（倒映）标点自己飞
翔至上的面容——

我的手指颤动。颤动最厉害的时候，我辨不明我所在
的方向。我辨不明日月星辰。我可能无法顾及身魂与梦，
我可能青睐青稞酒。颤动最厉害的时候，我心慌意乱，吃
不下饭，感觉不到城墙的败落。历史被揉皱了，没有形状
和颜色。我奔跑，只有我一个人的奔跑。没有人看到我奔
跑，没有人指出我的神情疾缓。我给予我最初的神情和各

种梦幻的皮衣。如此之多"食不果腹""衣不蔽体"的疾苦。我记录我的奔跑，我记录我秘密的梦、不可与人的指纹。一切都是银灰色的。爱，疾苦，指纹。一切都是阔大与明朗的、隐晦的。蛇蝎与秘密的指纹。一切都在，一切皆无（所见）。不出我之所料，只有疾苦的病人联辔呻吟。没有什么人会追踪并承载你的所见和记忆。那些秘密的步履坚韧而无底。一切都是秘密的、意外的、自在的、惆怅的指纹。一切无所见，都是无权变的。有时，你必然如此（无回顾）。在最沉着的岁月里，你必然推动自己的渐进的腐朽。一切都如此落入尘灰和空洞（无物）的记忆里了。你不必痛悔人生，因为正是你的劝导改变着世界上已有的一切（在你的心中形成万物空虚的印象）。你的渐觉麻木，正是你该有的。你的秘密指纹，正对应了你的生活之路。你是你最不可忽视的……"故事化旅人"？！

063

要呼喊（归来）吗？

万人列队听闻你的呼啸（呼喊）纵横。

你只容一人降落尘土的深部，抵达它的深部。

你只身一人过过客庄。

要？招引所有（古今）生物听说故事（枢纽）。

要切断日复一日的流淌（动态的，祈福的）。

要重返人间二三月。

要重返（疾呼）吗？

要抓故事的潮汐（辨析），要重返十七岁。

万人列队迎迓，你此去万里。

你只身一人过悬崖断壁。

过路的客商皆在陌上。要重返他们的核心？

过路的客商皆过庄子向西去了（料峭的）。

两三个沙漠。风暴涌起密云。

064

我什么都说不出来，在我静静地看着大河过桥的时候。

我头顶的烈日在烧烤着我们的片面的生活。

一个人若要探知亲情和容忍的界限，使自己变成一只甲虫可也。给自我披上形式的外衣，让那最坚硬的外壳从根本上束缚自己。这样，使生活变成一个囚牢的目的就可以实现了。在自由、温暖、放松而有慰藉的环境中，我们的呼吸是充分而畅快的。但是，让自己长出甲衣，可以把坚硬的生活的墙都划疼了，何况原本就脆弱而贪生的人性呢。可我们似乎不该责怪任何趋利避害者，我们所能做的，只是掰断自己的甲衣，使自己的情性和境遇更合乎他者的命运的流水罢了。完全做到这一点，对生理基因上略区分于大多数的人来说是异常艰难的，所以才有无尽无休的悲剧发生。我们读《变形记》的时候，所能感受的，真是异常逼真的现实主义，卡夫卡又哪里是在故弄玄虚呢。

065

过山洞的时候，我才意识到自己是到了漫漫的荒原上……山洞太长了，因此它们阻挡了我。我任凭我所理解的山洞长在了漫漫的荒原上。

生活的密度加大，这是我们夜梦繁多的缘由。梦境如此，如星子布满苍穹。

一桩具体的职业是对生命闲暇的巨大缓冲。

生存的事实如此纷繁（复杂），它可能比上帝创世还更具有预见性和不许回头的意志力。

循着无人开垦的小径，我们剥开了一个荆棘过膝的球形世界……它们不是一条直线，它们只是一个动人的回旋。我们像穿越迷宫一般，在它的每一个村落前踏勘，山上的霓虹照亮了我们摩肩接踵的孤独的影踪。

066

不知趋避既是一种莽汉的天真，又暗含天才之思。我们对它的委婉的解说，只是一个歧途中的遭逢，风大扬尘，我们未必看清了它的面容。

落后于时代者亦或有一种觉醒，比随潮流而动的人群更具有优良的品性。不过，此事无须标榜，因为在任何一种时候，我们都需要警惕人格的越界。坦诚和自觉也可能成为一种强权。

067

山中住着群象，它们组成了一个大象国。国王住在山巅，夜里俯瞰人间。

想要得到的快感大过了求而不得的怅惘，这是我们的不洁，它被浓烈地抛撒而下，使每一缕烟尘都担负着性情及命运之重。

声音丝丝缕缕，我不一定能听得异常清楚。我听不到，发现不了，也就是说，声音已经融化在"流逝"中了：十五年的流逝，一百五十年的流逝……让人"安息"，内心不再折腾（就像一朵花在静谧地、不出声息地开放）的流逝！

我对自己的淹没（窒息和拯救）都是无穷无尽的……

068

说"地球上地大物博"几乎像个笑话。因为在宇宙中，地球只是颗微不足道的星辰。宇宙中，有无数颗这样的微不足道的星辰。但尽管如此，我们仍然坚持把"地大物博"这样的词赋予地球甚至它的某个小小局部。也许，只有一些小小的局部才配得上这样的赞誉，相对性的整体却总是有局限的——总之，我们宁肯相信地大物博也不会相信我们的命运小如星辰和须臾。我们的整个灵魂地大物博，它不再是空荡荡的（速逝的、不坚实的）？

我视沉实为最重之重物。它有着山峰的坚硬，厚达千仞……它有着山峰的锐利，在最大的隐秘中，我视它们是最重的鼻息，已经喷吐出蜥蜴和它们均匀的爬痕。我知道这是人间最大的尖锐的铁，我利用一个下午把它们一一揉碎了……为了保持一种视觉的锐利，天色露出晚祷般的浓雾，我只有在持续的观察中才可以清晰地辨别它们！

在我生命终结前的每天清晨，我都会醒来。光明的晨曦是必然的存在吗？天降曙光的必然性。我们由生到死的必然性。醒的必然性？但醒也可以成为一个幻影存在。在我们坚实的生活履历中，要记得每一缕曦光作为匿名的使者存在。何人可以识辨曦光和暮色？何人可以识辨？历史赫然地跑过了我的河床，我盘踞在岩石上：像雕塑一般的盘踞，等待风化！像岩石一般的自我盘踞，等待风化。我们是岩石的射线远涉他乡。我们是晨曦吗？但我远远地看见树木的叶子寥落，曦光一点一点地上升，飘逝。我们只是看见，根本没有因时间迟滞有任何发现。

069

春天叶色碧绿（由初春到暮春；由浅绿到深碧）。直到浓艳四起。直到多少年后，我孤身路经。那些绿色河流，那些绿色树木，那些绿色坟茔。那些头上长角的牛兽。那些桥梁上的晚虹。那些苦欣、悲情、缅怀多于沉浸的一生。那些祖先乞讨一生种下的，那些母亲怀胎十月的挽回……命运的羚羊挂角。傲慢的人群。供桌上的鬼神。那些匆匆穿梭的冰湖。渐渐裂开、渐渐合拢、川流不息的冰湖。那些往事懵懂，丧葬如常（无极）的木阀（懵懂）。那些祖先乞讨一生的成就。不过如此匆匆往返的一生，不过如此归因（尺牍）的一生，不过如此匆匆叹息（变幻、长叹）的一生。不过如此逃逸（淘洗过命运的桃子）的一生！

想要向所有人（上帝？）确定我们的存在是异常艰难的，因为木屑太多了。在梦境里，在现实里，它们四处纷飞，使空气变得浑浊而难以靠近。我们（任何人）总是想远离这种木屑环境，何谈去关注"我们"的存在呢。再说，这只是自己人的征兆，你不必怀疑，一切都会被淹没在好奇中。木屑（不只是空间中的木屑）首先来自锯木声（同时间的争斗），其次来自恋情退却后的执拗（这真是何苦）。为了离开它（要离开它吗？），我们得自己跨越一些洋面阔大的河流，等待潮水的涨落，在等待中牺牲掉一切，进而忘却自己的初衷，那么问题来了，这一切是否值得？仅仅为了对付生活中小小的混乱、一点一点的木屑？（太值得了，它们毕竟还是让我们大受其苦的木屑！）

　　在沟壑丛生的天地之间观察黑色乌鸦。在悬空的时间外面，在躺卧的金牛山上，在穿越和记忆中观察落日？在沉静的不睦和广阔中体验逻辑性？困倦的力总在生长。世界如此漫长。我们沉闷地来到了时间外面，体验流动的逻辑性？我们在困倦中看到了天地昏濛。我们看到了沟壑纵深的故乡在生长的逻辑性。我们已然离天地远了？麦芒总在生长。我们为什么会有沉睡？离开落日远了，雨滴零落，我们看着梦境凋残。我们为什么会有逻辑的沉睡性？我们为什么不可以自称为上帝呢？对待孩童的友情，我们有最大的非逻辑性。请谅解和担负所有的白果子，它柔韧地深入到了我们的沉睡之中。我们是梦境中的囚徒和凛冽的救赎。

070

缓步行于当行而行处，缓步止于当止则止处。青草蓬松于地表，虫蚁蛰伏于足下。风吹则故事过耳，风停则万物生矣。

时间的高楼压迫我们的心脏，我走在白茫茫的路上，仔细地聆听它的回声。

我们每个人都在进行生命的倒计时，只不过有的人计时太长，长得令持表者失去了耐心（寿则多辱）；有的人则计时太短，短得只是一个须臾（奈何早夭）。这令持表者无可追寻。我如今处在计时的何处？我不知道。所以我才抱着"朝闻道，夕死可矣"之心加紧记录我的心得。我可能有些悲观，和他们（整个人类的悲观）太相似了，和他们（整个人类的混沌）太不同了。

071

我骄傲的层级有时会降得很低，降得无边无际，完全没有思绪！

我并不迷恋于间歇性耕作，我并无耕作之念。我所有思想的刻骨只是来自一种生活的颤动。我所有理解和妄想的回声只是来自一种沉默的颤动。我其实并无任何欲望（相对于"颤动"而言），我的欲望的诞生和消亡是一个即生即灭的过程。

我们的血液里才藏有故事，而我们的骨头缝里却并不是充实的，它没有留存（故事），只有顾盼，只有深情的顾盼。为此，我们发自我们的肺腑对空荡荡的人世怀揣"凛然的深情"。

072

我大概在每一年里都会梦到我的小学，它们形同我的味觉。

我的梦境携带着我，我的自尊与体恤，我念念不忘的事物和完全的无知……我为什么会沉入这种多梦的人生，看不到任何真正的表达（只是多梦的人生），也看不到任何故人。我为什么会携带着这样的梦境（同样强烈的被携带感）进入到一个我从未自审的区域？我只是我，但梦境如此萧瑟、狂乱、不可辩驳！我只是一个未曾条分缕析的癔想者，我只是一个远道而来的友人？来占据、呵护你的悲声。我只是出于对梦境的无知方守护在你的屋脊，你一定看到了梦境的形成，它由衷的美被从此铭刻？（而我们站在这里，每个窗格前，都有一个从古而来的梦想……需要有个楔子，引出它"由衷的美"？）

073

在京密路上，我看见了树木高大："世事如此，其实我仅仅是看到了树木高大。"

像深重的雾霾一样，我们的内心里也笼罩着各种有毒的云层。我们迄今还没有能力走进梦中人的感知呢，否则，那代替上帝执言和创造众生的事便可以由我们来做。想想这样的情景我就觉得欣喜……如果，我们造出了上帝的样子与他真实的样子对应，他的脸上一定会洋溢着春风般的笑容。他会在交出接力棒的一瞬完成对我们的赞颂？聪明人，还是先造出春风来吧。

074

我走过了曾经的"总统府"前，顺手买了几个甜果……没有人识得购物者我。所有人的生活都自在坦然，毫不局促。我有时只看到了树木，它们的枝叶上趴着一只只僵硬的嫩手。

唱起歌儿来吧，唱起蠢人歌儿来吧，唱起耳朵的歌儿来吧……我们只是为歌儿来活，我们的身上有粗细不匀的细胞像音符，我们敲击的是我们身体的鼓……唱起不死不灭的歌儿来吧，我们的心神中有革故鼎新的王木，我们是一只只会起用低重音的小兽。

075

地下列车发出异常的大声，因为速度过快了？（它像一只蠕动的钢铁的爬虫，但它的蠕动带来了震撼力，令我想到了原始人潜伏在深不可及的地心。）

我为什么喜欢北方春日的村庄，因为（只有在这里）我能看到生命的复苏……（清澈可见）（亘古如新）

076

白雪落在棱柱上，我经过故乡长长的甬道。我何曾不识故乡？但我却迷路了，在我彻头彻尾的熟练至极的"在故乡的行走"中。大街上皆是不识者。我和我的一位年长的伙伴（师长）走在故乡长长的甬道。我被回忆蛊惑吗？言语肆意飞溅，白雪透明莹洁，我走在故乡长长的甬道。我为什么会回到故乡？没有白雪凝目，没有故人迎迓。没有一切忘却和凝聚。没有"故乡"。有时，我的悲伤就来自于那些灿烂鲜活的血肉的消散。那些紧绷绷的血肉之躯都已化为腐水。我的悲伤？像"白雪落在棱柱上""不可驻留"（一切美不可驻留）的消散。我的故乡，是我不可驻留的时光（悲伤？美？）的消散。一切生命，是"白雪落在棱柱上"（看似透明的，"美丽悲伤"）的光芒的消散。

那是广阔的乡间么？是朴素的乡间么？并非绚烂的、装满梦幻的霓虹的乡间？在每一位观众自上而下的注目中，仍要保持自己的绚烂不做调整？耳中聆听着时光的倾泻？那是被用作舞台的乡间，急匆匆地散步（至于朴素生活的日常）的乡间？我们凝神"注目"（重复观看）的时间太久，我眼睁睁地盯着他们演完了一场大戏（无法保持自己不受感动？）？那是最后的（迟滞的、悬疑的）乡间，我从中看到的鸽羽、春花、没落的门庭都是我记忆里的事物（我日渐颓败的记忆）？整个舞台之上，我看到他们呆呆地伫立着……戏演完了，谢幕（呆呆的？）是一场无须酝酿的命运的大戏？

每次归故乡，我都希望自己变得温柔一些、指向明确一些，对意义不太敏感（神经系统更为健全一些）。故乡是对我的感觉的疏导还是伤害？也许过了这许多年，我已经不该这么想了。因为正是我的愚钝救了我，没有它们（不敏感）的存在，我也许已经和忘川一样消逝了。我何必仅仅把一次小小的人生旅行视作我命运中不可或缺的归途呢？无论寒暑，我都该温柔地望着它吧（不要无视，不要怀念它罢了）。

077

他们只在我们的上一个瞬间活过
他们同样只活了须臾
天空和山水同样密集地出现在他们的生命中
须臾是招摇的，不可更改的"梦幻的堆积"？
但是为什么会有故事呢？
（"梦幻的须臾"的堆积）
（周王朝和诸葛孔明的故事！）
但是为什么仅仅留存了这些故事呢？
留存本身是"梦幻的须臾"的堆积

为什么是身在岐山"县"？

须臾之"在"？

须臾中的"须臾"之在

为什么仅仅是这些"故事"呢？

我们活在同样的星空下！

（通往无限的星空，眼睁睁地看着自我"消逝"，如同"一粒粒"沙尘）

他们只在我们的上一个瞬间活过

（千年一个瞬间？）

他们只是长成了苔藓，堆积在秘密的游离的城墙下！

土是灰色的

一个个瞬间过后，土仍是灰色的

草木仍旧横长

（我心中涌起"人生一世，草木一秋"的叹息）

（"身在岐山县"）

城墙倒了

一个个王朝从"永恒的梦幻"的堆积到"永恒的破碎"！

须臾的"人生""草木""一阵水流的涌动""声音的消逝"

——"根本没有"任何例外！

这仍是我想要书写"沧桑草木记"的人间！

这仍是我倍感孤寂、无比地苍老和"叹息"的人间？

这仍是我的人间？

我是无尽的须臾里的"一个个"过客

我是最不得尽意和"思绪"的那一个？

在人间的西岐……

我看着蹊跷的白云孤巧，身心分离

一阵阵濒临消逝的声音，一阵阵"身心"发痒！

我看着我的"绝望"

（一种修辞性的）：在西岐，人间？

鸟兽飞过夜空下的原野！

我似乎已经不该有无比的惊叹了

我似乎不该有写诗的隐秘冲动

我似乎不该有沉睡中的流水和无比的惊悚

我似乎不该想起人间？

因为身在岐山县

我已经不该有一个现代人"古老"的幻觉了

因为只是一个个夤夜瞬间，我居住在无人的无色的荒野！

荒野"落了"，枯叶亦消逝
我似乎不该秘密地来到奇巧的岐山县
在一种日常生活已然无存的"失措的人间"？
我似乎已经不该有一个过客之心了
在所有人的命运里，西岐仍只是一个遥远的须臾……

我们何曾有一个值得铭刻的"须臾的命运"？

078

我似乎是刚刚接近了、深入了我已经生活十六年的这座城市。我带着一个初来乍到者的新奇目光看她。我带着我的审慎、被发现的惊喜神情看她。她像是一个并不广大的存在，但是时间仍然在漫溢着，她像是时间的一种存蓄，但是时间仍然在漫溢着。我为什么会觉得是初来乍到呢？因为我从来没有深入到她的某一局部，我无法提供关于她的美学风格的任何一种审定？总之，我已经在这里居住六十年了（感觉中），但我仍然需要以发现初恋的心情去面对她（并且希望如此）？我慢慢地走着，每一次步履的成功都在向我揭示：我已经将未来重新丈量过了……我已经将我的坟墓造好了。我不应该踟蹰在每一次离开她的旅程中？是的，我不应该带着任何褒贬和爱憎来思味她。她是我最早的，也是最后的"梦幻的堆积"。

079

我的发掘和寻找都是不成功的，因为它们压根就不存在。并没有一种力量增长了我们的神情衰退。我们不值得为一些小事感到惊悚，也不值得丢掉我们的皮毛去效仿它们。

我通常不大愿意与庸人为伍，但我并不反对他们，甚至，我知道自己有时会欣赏他们。

时间赋予我们无限的疼痛，我们把全部的抗争吞入腹中。

灵魂的布帛？——确实，我已经撕碎了。它无须（也不可能）完整地存在于世。所谓人间"天残地缺"，就是一个织布师最大的功绩。织布师是没有任何可能不创世的，即使囿于某种工匠性的自觉，他仍然身带一些固定渊薮的钢铁。他需要有模拟烈火中重生的冲动，更需要懂得魔鬼的心声。织布师所持守的界限就是我们一生命运的界限。迄今，我们仍然没有越过灵魂的一生而到达生命的彼端。迄今，我们仍然敬重织布师布局的杯盘，我们站立的地方就是他们无所不在的沧桑涤荡。我们不具体地靠近他们，甚至不靠近林间沟谷，甚至不靠近"我们灵魂的质量和恩宠"。我们带着与生俱来的罪，等待着与织布师织山织锦共有的劳作，我们将众生的徘徊耕耘都视作灵魂的实务而忘却了我们正在撕裂和容忍的苦读。

080

要寻找秩序感吗？我不知道。秩序感孕育了凌晨的醒悟，从此我势必被淹没其中。得时刻注意整整衣领，保持神情的肃然！（论秩序感的诞生）

佛门空空……勿知觉，去别离，止苦渡。大声如大风。
（在泉州，看到了弘一旧迹。）

我看了很久他的画像（弘一）……为他的"悲欣交集"。
但我强忍着我的泪水，为我的"悲欣交集"。

我在等待的间隙离开了自己远行，我是否该适当地批
判自己（的无形）？

睡眠是对心灵的惊动，梦幻是无解释（深入梦境的诞
生）？我原先认识到的孤寂生活已经远去了，如今我所看
到的静谧只是一个灵异（精辟）的空壳子。如今我所认识
到的生活（我常常会想到它是不存在的）不可抉择，深山
涌泉不可抉择？人生总是如此寂静，繁盛（漫漶），无思
量（深入暗黑之夜的诞生）？

弘一之境存在过吗？我看到的（时时怀想的）只是他
的塑像而已，且在人流如织的时候。山水笼罩了他的灵魂
（毕竟有山水可以栖身），他不是绝对无我、无识、无居息
的。在漫山遍野的南方林木中，"栖息他的金身"？他的
舍利子？在绝对的南方林木中，他搭建了他的"漫山遍野

的精神生活"。

精神是没有库存的。只是有一些惊动，黑暗中恍惚伸出的五指，突兀地潜行的"梦幻的影子的堆积"。没有故识。不可抉择。只是有一些秋夜（凉，悲凉的秋夜吗？）在潜入我们。根本没有弘一？不，人生有如此之境：幸好有弘一之境。可以苦行入睡，不见惊怖。仿佛深夜病房（多人的，安静得"没有一丝呼吸"）。仿佛一人独思的长夜？仿佛"想起了母亲，不可断绝的一人独思的长夜"（可以容许热泪涌上心头，往事一幕一幕地划过，但是，往事没有库存，它们都是突兀的，来自"感伤的惊动"？）。

我似乎并不爱他。深夜食堂。白炽的光。

081

我已经无数次地从这里往返来去，但我仍是一个过客，没有一个人认识我，我也不打算去认识任何人。

多么热闹啊这个城市，正是因为我爱它，所以我会觉得它多么热闹啊，如果我不爱它，我就只能感到一种内心的喧嚣。

人群和尘埃、日月和星辰并无本质的不同，他（它）都有虚假的无限性。

082

天才同样得经受命运（的锻打），甚至落在他身上的重锤的力度、密度和深度都更甚于常人。而更为重要的是，他的感受力也以此为傲……（一种莫名其妙的荣耀）

083

在温软的石头上可以睡得更久些。石头是缄默的。在它无言的缄默中（整个世界的缄默）可以睡得更久些。喧嚣的全世界是缄默的石头的超级温床，给它注射以不死不灭的种子，使它睡得更久些（八亿年吗？）。飞鸟越过去了，海洋上空的冷风使睡眠师的奇枕（重重叠叠的云团）变得更加蓬松，适合于无眠的做梦？超级睡眠师是万物沉睡的综合，是死亡的鼻祖（身形并不消散）。前方冷风浩荡，云层郁郁葱葱。要睡眠吗？万物不足以撑持天地，只有云层重重叠叠，是睡眠师的暗房（无知的、恒久的睡眠师？）。

我们奔跑在河岸上，根本没有人援助我们。那耽于梦幻和静眠的人默不作声。那最沉重和漂浮的人生死偕同。我们奔跑在河岸上，度过了一个个日落昏黄的午后。那满身污垢的沉睡者在流水（苍茫之逝）中看着我们！

084

我有时会纠结于不被理解的痛苦，但更多的时候，我很庆幸，因为我用尽我的能力，制造了我的敌人。

我们与自身内在距离的大小，是一个异常复杂的方程式，但我们从来没有求得解答。因此，我们在每个灵魂的夜晚，都要刻苦地运算……

如果脚步是疏松的，有时便会感觉到连道路也是疏松的。

我们的身体力行和幻觉一样古怪。那青蓝湖面上的水草和幻觉（感动的变异）一样古怪。天地草草？我们的知（识人论事）混乱而顺从（和"天地运行一周半"一样古怪），

我们的身周草木？和我们的逡巡一样古怪。但我们的身心
岂如草木（对无骨之人的悲叹！）？我们的幻觉种种，逡
巡中的清净（凉爽的圣洁？）和湖水（飘荡无依，但自成
方圆的？）一样古怪。我仰望的事物和我涉足的事物是同
源的？它们和我的梦境一样缠绕而古怪。无数花木（依然
是花木！）经过，和三千年越地山水（垂落的，升降的）
一样古怪、凝结（没有界限）？我仰望的（不可遏止的）
事物或许是不存在的，它们寂然如逝水（磅礴而杂乱）！
如山岳之阴晴（不知其圆缺？）？我们的人间行旅（天地草
草）依然如此啊，它们只是一缕湖边宁静，但孤舟不可致
远，水草依然飘荡（无依）……我们只是"自我攫取"（此
心自安？！）的宁静？

　　不必幻想自己拥有爱与真实是对的。不必面对具体的
社会（时代，一切可以目见之物）是对的。不必知道时间
流向的曲折（纹理）是对的。不必身处江湖中而自居陋室
（旷远之地）是对的。不必言谈（举止）是对的。不呼喊（心
自安？）是对的。夜色蒸蒸日上，但秋风已然吹过了平原，
不去幻想另一个宇宙（自我）的命运是对的。

站在卢沟桥上，我看到金黄色的夕阳泊在水面上，我一次次地把它摄了下来。在之后的返程中，我觉得我是携带着无数颗金黄色的太阳在走。

在茫茫的海上……猫头鹰飞在茫茫的海上，它们感到了飞翔的空旷。

屋子里太热了，但我相信整个世界依然是冷的。我想赤诚以待世，但是完全无用。我能听到的，只是蒺藜里的笑声。

关于我们的悲伤的科学从未被发明出来，但它有个底本，存储了我们的伤痕。

是那些未知颜色行止的虫豸，是那些污浊的、姹紫嫣红的河流，是那些沉思默想的、怪石耸动的河流，是唯此天不假年之水湍急而逝（止）的河流，是那些思想兽湍急、"泼溅"的河流，在遥远的珠穆朗玛峰后，人间的沟谷中——

潇潇雨歇的河流！无数人流的急骤，暴风般行走的旅人，拾得几缕芳心如火（？）的河流！是那些兽的默声、断篇、匆匆然急如星火（？）的河流！时间（？）之"急如星火"、呈示如仪、盘虬饿殍、枕藉满地的河流！是"晨中"万物勃兴而人间草草，是沙场点兵树木萧条的河流！是鲜血的喷涂，"色彩"（红艳艳）之淋漓、梦幻的河流？我时时所能感受的那种事物的稳定和抽搐都在积蓄（刺目），但独独没有一条清净如天地初生、光亮、荒芜而使人泪水涌入的河流。我站在一条长远如百丈凝练的墨绘河流的边缘，胸中充满了万物尘垢的意象。如此颓然、言说纷纷的造境遥深；如此情丝缕缕、蹲坐思虑、不摇摆、只余一片秋蝉声的造境遥深！

086

所有的人间沧桑，都不及一个年迈的失忆者志在青春的浓妆。

各种意念的涨满。色泽纷扬的半个黎明。一些纵横驰骋九万里的猎鹰。雄性的尼罗河。一把量度时间的尺子。

我们梦境的裂口被撕开了，我困倦地从春睡不足的半梦半幻中苏醒了过来。

Ⅲ 我耗尽了我的"万物有灵"

087

这些书的作者都逝去多年了，但整本书读起来仍然是鲜活的，有一种音乐性贯穿于其中。读它们的时候，我在想：音乐性、旋律感仍可能是最高的尺度，因此，整本书都是"醉人的"，像作者站在不远处大声歌唱。没有诅咒——诅咒都消失了，完全没有意义。作者力图证明的那些事物也都消失了，但书籍却留下来，像天空和海洋都留下来——"在大声歌唱"。

088

没有材料：有时我想一想，这穷迫和"无"简直是无穷无尽的！

万物微温。雪在涌现。雪，降而未降？然而，这本不
是一种守候的日子。树木萧萧已然老去：傲然的，瘦骨嶙
峋的傲然？我们走在路上，地上仍旧没有白雪的洁白。雪，
降而未降……但是，天空仍然阴沉着，降得很低。我们的
身心降得很低：曲伏如蚁？这只是白雪真正降临前的曲伏
如蚁……我们已然只能在一种自我屈服和安慰中领有自己
的身心了！

我们总想将天空分解出来，为此不顾一切地发明了一
切机械：挖掘的、铲除的，明明白白地写满了天空的洋洋
得意和各种敬爱！事实上，我们不去分解它也可以飞动起
来，守候着宇宙的边缘，我们不过是自己小小的一时之选。

089

我所居住的街区周围是苍白的、荒凉的，我不熟悉的
街区！十年了，仍然不够熟悉。我用以填充我的记忆的不
是一个完整的领域（街区），而只是一条直线：一天一天

地延伸下去、建设下去，但仍然苍白、荒凉？当夕阳隐没，我走在咫尺之遥的山的背后，我所看到的事物灰败、颓唐，令我有无尽的伤感。我是带着沧桑草木之心去散步的，但是十年了，我看到了令我陌生和惊惧的街区，这是我不熟悉的领域。太多的人群居住于彼！

人间万灯突然熄灭，刹那寂静，并无微光照拂。物群是无砥的，并无一言经历，无荆棘。亦无微光照拂。唯我无愿。数十年，不曾行于山中。长长的隧道。烽火的泥土。并无微光照拂。沉重如梦。燧古之人亦作驼行。谁知道古人寿命几何？太古的水流，活得太久：铁石灰。融解于大大的烟尘中。浓密的黑色死尸：铁护卫。活得太久？可是我们只是在烟尘中过路，我们在浓密的方圆天地之中，不见我们的肉身。我们看不清浓密的雾……

你几乎不可能凝视，而万物在消逝。那最为空荡荡的秋千之色、那梦幻的洁白无瑕（便是万物"瑕瑜互见"）在消逝。在寂静中，在眩晕一般的寂静中，你可看到梦幻从岩壁中突出出来？它的消逝一点一点地展示在你的面前。像你的，又不像你的梦幻，在跳宕的光影中一点一点地被融化掉了。既有实物之形，又是完全空虚的。既是纯然梦幻的色彩，又热衷于被解析的。拿镊子剔开它的入口，恍惚的事物过去，梦幻的城堡开启。你不必追逐和击打，它是自然地、不循过渡之迹地，在一个躺卧下来的瞬间出现的。它是这样的梦幻，而并无一个识者。识者之盲更甚于春草萌生前大地上空荡荡的荒芜！

090

谁发明了汉字？是仓颉吗？不，是每一个我……（人类神情的不同的书写者！）

我的未来已经逝去了……现在，我是站在一个外形庞大的山峦上写诗，但我尽量地使自己看起来像个先知。

进入事物本体的实质，在于你生活意愿的失力，你需要忘掉各种隐喻而重新诞生，你需要一身负担自我灵魂的重。

091

请注意文字间的分行吧，分行就是断片，就是不愿连缀，不需要连缀，没什么必要……分行也是为了追溯起点的新存在，是丢弃一个梦境，尽量不重临故地或为了思想获得新生的转圜……分行是不断地清除，是一次一次从零开始或从"零点一"开始。所以，人生无故事，代表了一种职业的式微，代表了浓厚的事物的兴衰成败，而分行却是为了挽救它：要不断地获得意义，时时刻刻都处在异常的警惕与清醒中……

092

我同自我的分裂已深，我能够穿透墙壁，看到昨日的斑纹。

我所度过的每一种时间都尚未成为我的时间，我们总是孤身一人，错过了每天的日落时分。

将蓝天和白云写下来，让它们的形容为我们所重新成就，这是多么理想主义和乐观徘徊的一天。

而我们的衰老将至，在每一部大写的书中，都重复过这样隆重的回声。

日常生活中有神奇的诗意，但它们中的绝大多数，被上帝以他宽宏的手指所藏匿。

我们以为自己早已粉碎的现实并不流逝，它以一种高速的均衡，占据了我们根深蒂固的领土。

此种生活是"无我"的，我们之中任何人的衰老和生死，都虚幻得像一个真空。

我们毕生所写下的，也不外是纸张中的烬灰而已。让那些焚尸炉的操作工略做停留，让我们最后一次目睹人世的灰尘。

我们的青春就这样逝去了，带着记忆的尖顶和旷远的鸟群。我们的尸体就这样逝去了，带着上帝顾盼之间的所有忘却。

我们的命运就这样逝去了，带着寂静的不出声的缄默的烟缕。但这只是一种至小的空洞，我们把更大的荒芜已经吞噬，咬碎，带入了黑漆漆的坟墓。

093

很多申诉者的面目并不明朗，他们终生为求得一席站姿进行最艰苦的奋斗。

本质性赞颂离万千俗世总是既近且远，你需要提起自己的头颅，让他葬于天空之空。

正是因为各种清空使你辗转反侧，所以要消除光阴的隐痕最难，要把一根针的刺平铺成浩浩荡荡的锐利最难。

"拾得"（田园的荒芜）和"归属"（事物所向不明），是你对自我命运的最大的概括。

094

偶然性的生发和持之以恒的耕耘具有本质上的不同，前者可如明月口占，后者则需长空耀日。

风格，只是一种颜色的提纯。

历史只是时空的俯仰而已。我们不要畏惧于被它们压垮的灰色低云。

095

我以我自诩辉煌的智力，来抵达这个笨拙的人世。

阅读是"思想"的凝结？包括擦不尽的汗水、无数的旅途、无动于衷的"爱恨"；包括急骤的雨水、磅礴的落叶、异域珍闻；包括新鲜的爱液、落寞的钢铁、一些故人？总之，像是落叶和枯木的旋梯；总之，像是一切未知的思想：那组合我们循环往返的大力；总之，不是姑妄去读书？看起来，你只是个一无所知的故人。（不要仅仅停留于去读书，它凝结了你所有的思虑之苦！如此郑重、悬疑的思虑之苦！）

096

我构造了一个内在之空的穹隆，我希望在我死前，唤来女娲补天。

在梦幻般的心灵风景中，住着多少位你曾经不识的来自天穹的神祇？我们很少会真正梦到他们，即便这些梦都做得如此可靠而深入。我们的身躯中最大程度地住着这个俗世，正因为如此，我们才需要前往世界各地和心灵的各个角落去旅行。（我们杂沓的脚步声中蕴藏了神祇的府邸？）

带着一颗沉思的大脑去行走和读书都是世界上最辛苦的事，所以，不要让过多的主体性掩盖了书籍的混沌，不要让思考代表任何风景的实体。（关于不思考的沉思）

097

无须借鉴。我们理想的磅礴，自成一条巨流之河。

这可能是极糟糕的一天，当我深感自己的困倦的时候，我转动双目，看到日光西斜，大太阳混沌地藏匿于云雾之中……但这也极可能是创世纪的一天，我伸展臂膊，拥抱万物，苍生都被置于我笨拙的襁褓之中。

理解癫狂中的创造需要癫狂的大脑，这比理解清明之辞要稍微费点事，但书写寓言的人也会偶尔用到汉字，这总比彻头彻尾的天书更亲近我们一点。我们可以带着这些混乱的书卷，跑到随便一座公园去读上一整天。那些野草和虫鸣会更好地注释这些伪造的物质。

098

《泥石流》是一部书的名字，它一开卷，就证明了时间的无限。

不需要去找对应体，不情不愿地，去找对应体。不需要去接受任何影响，为什么不能够完整地使用你的语言：唯一的陈词，唯一的庄重的陈辞？小心尘埃覆盖你的脸，小心风刮起树木，枝叶落到你的肩头，小心时间飘移，你从此离开你的无可诅咒的腐朽？

有太多的历史供我们消费，挤压我们，惩戒我们，令我们大汗淋漓地往返，找不到河岸……（阅读的萧条）

没有什么是不可接近的、无法完成的。在一个小局限的内部，请尝试一种无书的、不翻页的阅读。（沉思的悖论）

不必有任何叹息，上帝仍在生长。他是一个年轻而谦虚的、善于吹笛子的牧民。他收集了草长莺飞的各类寰宇。（一个画工的音乐史）（一次永恒的奏鸣曲）

思想，是一辆辆大大小小的玩具车。有时我们用尽全力的蛮干，也只不过是砸碎了它。（它还有可能复原吗？）

谈论见地本身即是平凡的（措辞），只有摒弃学说的拘囿，我们才能深入这个世界。山峰重重叠叠，但它也只是一个形体的外在罢了。最深的造物，自有其独特的澄明的姿势。

100

在我小的时候，我居住在乡下。我记得父母需要以他们全部的努力来对付我们的生活，有时候还需要加上我们的一点力量（即使是无比微小的）。我在长大之后迁居到了省城，我也几乎需要用尽全力去对付我们的生活。但我到了四十岁这年，我觉得我向生活支付的成本太高了，它已经影响到了我的事业（写作），或者说，我向我的写作支付的成本太高了，它已经影响到了我的生活。我总是在这样"一边生活着，一边被干扰"的处境中活着，因此我再未书写需要一气呵成的长篇著作。（《主观书》还不是这样的著作。）我究竟到什么时候才可以衣食裕如，不需要用尽全力地生活呢？（我需要腾出时间来研读有史以来的伟大著作，需要腾出长长的时间来。）而现在我的状况，显然还处于没有完整解决的、需要全力以赴的生活。

101

当思考降低之后，天地为之一塞。

很难相信我们的生活是诗性的，但同样很难相信，我们的生活是非诗性的。在一些昏魅的时刻，我嗅到了不言、不识的突出。

102

我并不能保证我思维的每一刻都是强劲和有益的,但我力求远离自然界(回归到只有"我"的状态),我力求隔绝外在的一切(让心灵之思保持其最大的纯洁性),所以,思考的发现或许是多余的……它本来应该自在流溢,被"读不懂",不服气……因此,它既隐蔽(宛若不存)又不可饶恕,是唯一的、细小的菌生状态。我并不能保证它的生长逻辑是经典化的,没有残余的;事实上,残余或是它的根本属性:它的矿脉是极为罕见的,不容易发掘,需要完全融入、坦荡无遗的专注……在这方面,是可以没有解释的,只有凭空望晴阑,只有灵魂的跌宕,"任其自生灭",只有无尽的屏息凝神,只有无尽无穷的省略……

103

我有自我灵感的最终的倾斜,因此,我的完整(清晰)的懵懂始终无从实现。

现在的阳光很好,书房里的温度在回升,我像流放者归来审视我的马群一般站在了大水前的高岸上……十几年过去了，我一点一点地挥霍了这样的大水，在独属于我的高岸上，我只是一个牧马的人……身处我无魂无感的孤独中。

104

沉默和喧哗都是与生俱来的，这是某种血缘上的"乐于奉献"。梦幻盈日也是如此，是"无所思"的溢满。有一种对反抗和思虑不及的疑难可以与此相对应。无所思和满城游走都是不坚定的（一帘幽梦？）。因此，只有空荡荡的事物，没有根本和基础（停不下来的游走）。但是，遍观诸君，又有谁还能记得每一个空荡荡的细节中所隐含的流逝呢？现在有一个绘师志在描摹这种"空荡荡"，对其志的颂扬和诋毁都是不起作用的。他坚定不移地描绘，坚定不移地容纳了万物的动止。

是这样的。事物之初始可以设置在午夜零时。无曙光（黎明还很遥远）的午夜。一切凶猛的事物展开，玄妙的鼓瑟之音展开，差不离儿的时候，生死及灵魂的爆破展开。当然，一切煞有介事都不及承载这种感觉甚于动止的空荡荡的午夜。寄居于疾苦的人睡了下来，不知道何日来哉，不知道每一个人都互不相识，沧溟里的河道也布满藩篱（布帛、栅栏）。沧溟里根本没有幽寂，每一篇黑暗都被撕开了，光明投射进来。是诸人所见，光明投射进来。然而仅仅是这样空荡无御的沧溟。瞬息之中，夜鹭飞了起来，河面上是它们震荡空气时的风动之声。

105

我要抓住一切：这句话的潜台词是"我从未拥有时间和事物的片缕"。

记在凌晨三点四十五分：关于枯燥的笔记，"我想告诉你一个事实，人，是会被灵感烧坏的。"我想及时地回馈的是我的担心，现在这种担心似乎应验了？我的倦困已经来临，我的灵感完全失去。

106

一定要做一片富有层次感的、完整的叶子。

自我见证的艰难正是为了通往"指向性"。在这种隐秘的屈伸状态下，人皆知其非，而生死不已。"指向"是未来的禁锢或扩容，无论如何，它不会停留于一个相似于你之如今的比重。虚拟的物长出了枝叶，相思的孩子带着诱惑力长大，但他们都不自证。只有忘却是长存的。否则，大脑的思虑会过滤掉真正的光线的照耀。我们见过峰峦之巅吗？它既指向高度，也埋葬着无限的虚土。浮华的事物只是流动的风罢了。浮华的事物没有真正通达和坚韧的时间的核。

　　107

　　人生不可逢一知己。阴阳两界各有"自我"？总之是一物见一物，亦不识一物。总之是各自迈开大步朝前走。总之是思之不及述亦不及未见星辰渺渺。总之是山上风大秋寒不可逢一知己。总之是瓜果熟了？怪胎出世冥朦旧日盗匪徒众各自聚散。远方总有令人迷恋的图景？总有故事？而卑微残躯不过慢慢缩小。总之，无限远方多让人思念啊——《诉之诸友书》："在死亡冲击面前，生之思念才会变得如此强烈。"（"诸"之无常，始有二三。）风大秋寒，树木凛凛？总之是远方吗？人生不可逢一知己。总之人生不必逢一知己。

108

母亲从未给予我直接而全面的人生的导引，但她以自己对悲剧的证验告诉我人生的无趣。

我很警醒，但从未觉得悲剧便无诗意。因此，有时我会欣喜地大笑出声。

这是同母亲不同的，或许是唯一的不同。

除了我从母亲的身体中被孕育出世之外，我再也想象不到我们的悲喜会面临不同的命运。

如今我想起母亲，就像想起一个巨大的影子一般。

我深信我从母亲这里经历了人世的全部沧桑。她无情地制造了这所有的一切。

我从不谈论任何思想，但我相信直觉的梦幻。我时常对母亲的未来心怀观望。

在我的文学世界，母亲是大于任何时间的。

我因为受教于母亲而去书写，却从没有想到她以自己矮小的背影成为我的巨大源头。

这是我们互不谈论的最大苦衷。

她在活着或者我们都在活着，这是我在面临需要切分的思绪之时的一个直接感受。

但对于人世，我们都是懵懂和疑惑的。

上帝从不说出，或许，他是因为无聊才收容我们。

对于上帝，我们出于同情而鄙夷，但他不许我们以自疑。他不许我们以飞翔的诗。

他只是予我们以厚实的土地，我们死后，便大集体一般，被无聊地葬在那里。

109

他们谈论一种灵魂被引申的技巧犹如谈论自己身上的跳蚤。他们一定有着秘密的、被撕咬、被侵吞的经验。

110

我们总是能够积聚起自己内心的力量，发掘出令人振奋的"精神的万象"？想起这一点时令我欣喜，就像想到"我们活在了这个世界上"时令我欣喜。雨过天晴，我们不只想到了"精神的万象"，而且还可以看到落花（使人沉醉）？而且还可以听到鸟鸣（使人沉醉）？我们活着不死（在适当的时辰里）……使人沉醉？

我静静地看着高速铁路旁道路的旋转，它们几乎是垂直而上的命运的高山。

在人生的许多瞬间，我们剪下了一条条金线，它们是灵感动物的羽毛变的？我们以毕生的修为来完成连缀这些线条的伟业。我们门前的沟谷间，堆满了未来之光的闪耀，为了接近它们，我们须佩戴防强光的头罩。我们是旷野之神的"鬼魂的仆从"变的？

111

我耗尽了我的"万物有灵"，所以我心怀疲惫。

112

腔调的黏附如此彻底（声音和"黯淡思想"的来处）？

它本来不该是胎记的核心，如今却经常性地取代"完整的真实"，而仅仅变成了一副腔调的躯壳。这似乎是我们向人间的"殉道与献礼"，我们应当热爱它吗？用尽心力地剥碎它？如果仅仅是满足于拥有一种腔调的躯壳倒也罢了……但我们常常是不自足的，因为没有一种躯壳可以完整地粉碎和包容我们，所以，"时间的现实"只是我们肉身的表层黏附。我们真实的灵魂却住在一个大荒、四野、空洞的别处？

在我们思绪飘移的时刻，阳光沿着它固定的路径往返，这究竟是为了什么？它每天到我们的住所来看望我们？（阳光真是一把动人的嫩笋）

113

凝视的酸痛：无边无际……

我读了很多书……从洋洋洒洒的文字中升起了作者的肖像……我无一日不在与他们"共同活着"，而且备尝人世的辛酸。

114

年纪大了，睡得越来越少，醒得越来越早（多余的睡眠，形成了一种浪费？）……我每天在日出前即开始的阅读和写作，印证着我年纪大了，剩余的时间越来越少（而功业不就？这中国式的陈词滥调）……总之我年纪大了，哪里还有多少青春年少？我啜饮着生命中永不回返的逝水，它的每一滴都印证着我年纪大了……（这总是未及打开的窗子，也印证着我们的年纪大了，还会做那亘古如新的梦吗？）

115

应该一鼓作气地读下去，这样思维的浓度会慢慢升高……

有时候，基于某种形式的改变，我们权威的（全新的）思想便得以建立。在这种突兀的变迁时刻，起作用的上帝退隐在你的身体中"咕咕作响"。你未必爱他，但你一定会感受到他的存在。这是一个惊慌失措的灵光闪现的时刻，你接近他却未必理解"获得""错了""流沙"……
大体是这样的：上帝就是某种你之所思的形式。你未必爱
他，但你为此更加张皇失措：因为有上帝在注视着你因此
而改变的形式。上帝是错的？不，他只是在呈现着某种注
视：无物的，空茫的……

116

也许我早都应该把我的旧日思想裁剪出来，给它们饰
以时间的王冠。我的旧日思想，是我一身饰演我与非我的
分界。我本来没有无穷的幻觉，但是，时间给予了我一种
不可留恋之物，它们是我无法描摹的狐兔（我幻觉中的狐
兔）？我已经离开我的旧日思想太久了，我无法描摹的沧
浪之鼠！那些潜邸里的幻觉之鼠！迷茫到底的狐兔？

117

我们灵魂出行时的负累，可能促成了我们的真正诞生。

我们应该时刻留意灵魂的反面，因为它的转角，从不

可能达到三百六十度的圆满。

　　思考可以触及万物，但未必万物皆能柔韧地收容种种思考。（万物有其僵死的、嘲讽的、淡漠的一面。）

　　天赋是我们根深蒂固的内存？但它在多数时候都表现出异常的孤独。不被发现，未曾开掘的天赋才是最真实的，浑朴的……从这个意义上讲，我们应该赋予我们的过往以最大的怀想，而不仅仅是寄望于未来。

118

　　无数的困苦被浇灌了；无数的爱被分解了；无限的分裂变成了暗褐色——请你停顿下来吧。不要有任何误解和倾听回声的企图。不要有任何做学问的企图，哪怕你的心灵再困苦，也务必请你停顿下来吧。争吵的颜色是坏的；寂静是坏的；没有一点怜悯之心：无限的分裂、进退失据、失却的乡愁？是困苦的、坏的。请你务必停顿下来吧。观察声色的世界、五彩缤纷的夜？请你停顿下来吧——春天的白昼在伸张，但是并非时间变形；无数的爱被分解了；

感受力在一点一点地降低；请你停顿下来吧。不要有任何聆听的执念，那些讲说的人都仅仅是在"讲说"而已。请你丢掉命名之冲动——请你分波次地——停顿下来吧！

我们能够清晰地感受到人世的悬浮之感：任何事物都不坚实；在我们全身路过的秋风秋叶中，任何事物都是空的（喧哗而嘈杂的人世）！那纷纷扰扰的叶子也像倏忽而过的秋风（表达总有残缺）？也像一种病症（感觉到病原体在迅捷生成）！因此，表达总是空的！我们隐蔽在烈日的丛林中，喧哗，深切地喧哗（自我悲悯）而不发声。

我如此地惊叹着我不曾抵达的人世？我们能够清晰地感受到不可及的灵魂，在倏忽而过的烽燧中，我何曾看到了（任何）事物本身。我所有的记忆（没有历史）都是空的，深达梦幻的运动性、冷冰冰（你何曾理解）的虚无！我们所有的执念都是空的，循环人世？总如一枚驼峰。我从来没有停顿在一个未知（我不求甚解）的领空。只是有一些须臾，急匆匆（如同并非一个须臾）流动在恒温的江河的内部（并无任何应声，并无任何人！）。

如此一来，黑暗也不坚实，星球的转动也不坚实。因为我们身在"茫然如同萧瑟，'不知所云'"的星期天？

因为我们身在黉夜他乡？我想了想，星空的转动也不坚实，但它的爆炸（我们无法感知的、遥远的）可能是对的。因为草木凋零，我们的灵魂郁然行走在"异地他乡"？我们的空空（无一物）、"自在"是对的。说出这所有的言辞总是让我意外，也许我不是这个领空中的一物（无一物！）？我行走在烈日炙烤下的山峰：茫茫之夜，我行走在我倏忽间的一个"急骤"。我也许从来不是一物（呓语、荒芜、无一物可及）？我也许从来没有听到一个"人声"（一个大而化之的喧哗人世）？我也许只是为了表达我的申诉的一物（我的荒诞之实）！

这只是近似我的生活？"一切物质"都是明亮的蓝色，一切物质都可以和蓝色相关联？我的"血液"从我的身体里冒了出来，它是蓝色的？我拿我的血液止我的铁，我的"沉铁"是蓝色的？可是，地面过于瓷实和"重"了；瓷实的铁、重的地面是蓝色的？秋蝉仍在鸣叫，在蓝色的"秋"空下，喧嚣和一切鸣叫都是蓝色的？如果这仍是三十年前的旧日，"三十年"未变的蓝色天穹下，流逝和磅礴的人世生灭是蓝色的"星火"？我的记忆里总是五彩混杂，那些次第运行的云影、那些驯鹰是蓝色的吗？天鹅湖畔，那些莨莨草是蓝色的"梦幻"？没错，这所有的星火都掩映在蓝色天穹下，我们正是为此而来到天鹅湖畔的。我们正该为此而感恩一切蓝色天穹的"幻象"，并立志生而为人吗（感受蓝色的星火）？

119

五月三十日夜，自通州而返，苍白的行路……一则长篇小说的局部。我恍惚中想到的，只是一部遥远的书，一则仍有激情留贮的岁月的增长？天降暮雪，我们自通州而返……密集的人流都散去了……现在，是哪一个曾经疾奔于通州和外省的交界的灵魂持有者在写作？将内心里已经进入到忘川的一点思考的意念挖掘出来，将长达四十年的一条长长的甬道以书写的无力来打通？总之，每一个旧日都不再存在了，只有死亡和悲伤是有力的……

我何曾忘却"河山：山峰"的负重。无一物无支撑的负重。我何曾忘却时间的浮雕？在我所注目的落日中，山峰悬浮，如落日前的余晖。我们的整个人生，都是琐碎的，如同"山峰的落日"。我们的整个"途经"，都是灵魂的污泥浊水？唯"时间的生成物"不曾安定地降下深情的、忘我的一吻！唯时间的生成物不曾炙烤？在油汪汪的"节令：悬浮的落日"中，我总是不知所归？在落日、泥土、迷恋的生成物中，我来到了我目睹的、念想的、始终在忘却的事物中：我何曾走过自己的故土啊？落日如迷茫的狐兔。它孤零零地在宇宙中悬浮，但我们何曾想象另外的"落日：另一支狂想曲"？我们何曾想象过，但落日在寂静地悬浮：使我们视之为山峰的落日的不可揣测的悬浮（的一物）！

对明亮的雨水和浑浊得不可见底的天空，我们都当保持复杂的观望才对。这种复杂性，自然建基于世界的恒定如一与瞬息万变间的交错，像我们头脑中无数不可假定的时刻——面对那许多不可企及的明亮，许多不可廓开的浑浊，我们的顿止仰望和姑息体贴始终如一。那天空里的事物是聚落无形的，唯此我们才会保持心绪透明如雨（无形色）的一刻，唯此我们才会保持瞬息间的变奏的一刻（不加抉择和无从抉择的一刻）。

120

艺之小道，固求技法更新，变幻绚丽，但欲进大道，则务必虔敬守一，情性诚笃。

121

我所理解的，虚无的最高征兆是"一切留存的无用"。当然，在次虚无中，隐含一种惺惺相惜的窒息和挽救，无论是对人，对物，还是对任何一种感觉。我经常咀嚼和顾盼的是"第三种虚无"，一种无法言说的不存在感，一种"无"的本来。也许，只有神智出错的人才会虚构一种隆重的诞生？作为上帝，他最醉心的创造其实是"天地之无人"。

我们思想中的浓墨重彩，既造就我们的未来也在拆散它。十三年前，我"在棉花巷"，即"在喂饱你的晚餐"的棉花巷，开始了窥测我们的思想的历程……我从此成为了一个无知的文学家？（我常常为我的无知而暗自慨叹着。）

有时候，我们会策划镜子的感动，就像（聆听）一条鱼在（深）水中的沉沦。

如此一来，一切都消失了……只剩下一种自足：畏首畏尾的自足。你还可以发现什么？你还愿意去寻找、发现、自足？建立一生的呓语通道，写下你嗅觉中的压抑感？深沉的夜色，深沉的暮色，灵魂被切开了……深沉的自足！你也许从无得色。但是，一种深沉的灵魂被切开了……我觉得我的思想是干渴的……这些落叶般的篇章被如此平静地写了下来，没有经过激越灵魂的申诉？没有经过任何看得见的战争？在这所有的平实的大地上，在这所有的迷途中，我们唯一不可能看到，不会发出任何见解的迷途！我们唯一不知返的迷途？如此一来，一切声音都消失了，只剩下一种单调的自足，既无法被切分，也不会建立的自足……在深沉的、遥远的、如同梦幻般的大地上，只剩下一种自足：畏首畏尾的自足！

　　形式并不总是活跃，它也可能是僵死的。徒劳地追求一种幻听般的惊奇并无大用。真正能够慰藉你的心灵的事物必得出自一个通灵般的知觉中。要找到来时路吗？请暂时地让出抚育你成长的星辰。多少年来，我们似乎总是可以看到类似命运的密纹，它便产自那围拢你、遮蔽你、佑护你的星辰。你的梦境？一个文字匠师的制造！你的心？一颗小小星辰的最基础的属性！要珍藏你的秘密如同珍藏你的梦，要珍藏你的梦如同珍藏一颗星辰。你也可以是一个星系，只要找到那来时路。请让出你珍视形式的绢子来吧，请在星辰的灰色羽毛上印上你隐身的名字。请刻录你命运的密纹在大地上吧……那羁旅中的秋风和雨水，都深悉你的名字！请把你名字的秘密的由来刻录在大地上吧……那秋风中的秘密雨水，都是你的幻听和名字？你的形式主义是你的徒劳无益的爱与名字，你的形式主义的名字是你唯一的爱与名字。

124

盲目无知地相信自己，也未必不是一种向自我激情的深切致敬。

不能总持尝试之心，要争取一次击中靶心。

激情的片言也可能是不彻底的，但它却有惊人的正确。它再现了我们灵魂的枝叶。

125

车站肯定是自带指针的，否则它们盲眼如漆，难以移动。我相信它们曾经固定了万事，但唯一没有把"时间的空地"固定下来。我每次经历的车站都不同，我每次候车的这个车站都不同。它们总是在移动的，携带着周围的一切景色（被种植下来的那些景色）。它们的移动坚实，不娇弱，我相信它们就是我准备逢迎的那些"万物"。我似乎不可离开它而抵达（这个世界）。这是我们的命运吗？与车站，与候车者的逢迎（背后是这整个世界！）。这确实是我们的命运，融合的是我们不曾制造的那些光影。我们不是作为移动车站的固定时空而存在的，我们只是作为一个冀望者而存在（冀望于一切命运的筛选、抉择和游离？）。我们不曾为移动车站的建设奉献我们的丝毫力量，但我们却为抵达它的"移动的精髓"而深情描绘。（在移动车站的外围，像只跛足兽一样亦步亦趋：这便是你的被深情描绘的命运？）（一种移动的、随时被更改的命运，一种命运的倚重性和无端的自责！）

126

我们对于喧嚣的理解都大过了它的雏形，因此，在许多时候，是那些慌乱者的惊恐加重了它的构成。

不要幻想任何圣洁，那可能是最没有想象力和荒唐的所在。（有感于泥沙俱下的生活）

或许整个时代的人都不会理解你，没有观察和"爱"，从不注意你的行踪，没有任何区域是纵容你踏足的，也没有任何区域会取消对你的开放，没有任何感情会正大光明地激发你，没有人是你的同道，没有人乐于与你分享在殊途相逢的快乐。这个时代成为一系列折叠的挽歌，那声调飞扬的梦境，成为你离奇地失重的点心，你咀嚼它？不，你只可以尽情地吞噬（消磨、建设）你自己！

127

我是一个善良的人，也是一个无情的人，我希望善良和无情在我身上有效地统一，这样，我的全世界就完整地建立起来了。

寓言性，是我们的日常生活获得自救的最坚固的根基。但是，我们生活在这样不自知的根基之上。一切都是"既融入，又被剥离的"。多数时候，我们无法感觉到我们的生活正在进行。"感觉优于多重幻象"的设置，只是极偶尔的情境。可我们必须述以人间万千事，否则就不会真正达于存在之思。我们的年龄渐渐老去，身心愈觉疲惫，似乎不必，也不可能罗织所有的，堆积所有的生活。这样唯一的指涉万方的命运，只能是一种非生活，至于真实的我们，几乎已经脱离了我们的生活而去。想起这样的不可相契，我们是悲伤的，处于一种自我怀疑的绝对，处于一种小孔窥像的绝对。我们终其一生的制作，或许只是一个不存在的小孔，出口很小，虚妄，迷障重重。我们要拨开我们心灵的疑惑吗？似乎不可如此。今日之日将逝，我们深悉生之未来，我们不可时时陷于这样不可穷尽的绝对。我们要坦然地面对我们不可穷尽的，峰峦和沟壑共存的未来。

128

才华是什么？一种卑微的"自识"？懂得自己的沉实和迷狂（"理解力的迷狂"），懂得自己的来与去。懂得命运如何在自己的所处之地停留下来，懂得命运如何发出秋风吹过落叶时的悲怆之音。不可仅仅把才华同职业化对等起来，尽管懂得体恤才华本身就包含了一种思考的"职业化"。简单说来，职业化本身是偏理性的，但才华却或多或少指向了一种"理解力的迷狂"。正是从这个意义出发，我渐渐地走向了一条为自我（更多的他人）所"不识"的道路。我并不过度追求"理解力的迷狂"，但却对一切"自我的神圣"心怀动荡和应许。我并不坚定地怀疑自己。沿着一条随时都可能展开和封闭的道路，我打开我的一切"不识"、混乱和究诘，我打开我的一切天然自诩的牢笼，我打开我的一切被拘束和天然的限定……是的，在所有的理性思考面前，自我的还原和发掘无比神圣，我们必然对此心怀无比的"敬意和恩宠"。才华是什么？才华介于鸟兽之间，它既是命运的荒漠，又是"理解力的深海"。应该让才华在满街横溢的阳光中长出青苔，因为我们最难以捕捉的生长性，就孕育在不可错失和随时都逝于忘川的冷热交替之中。我们最难以测度和不可领悟的部分，正是阳光、青苔、鸟兽、空气和水流！

129

前天，我度过了一个完整的昼夜，我烧尽了我身体中的烈焰，而其他的许多天，我的保留和存蓄都是完整的。

130

黑色字体被印刷在了深红色的底纹上面，在夜晚的灯光下，我吃力地辨别着，心中反感地想到了这种印刷择色的失败。只有到了阳光浓烈的正午，那深红色底纹上面的黑色字体才被我清晰地辨认出来。因此，"我读到的是光线，而不是别的什么。"

131

总是有很多迷途存在，因此我们无力悲哀。

似乎我必须给自己制造问题，没有问题我就活不下去，就没有创造力。就是使灵魂永远处于它的安息期。灵魂没有在天地间伸展开来，不运动，所以，它几乎是深沉的，龟息的，"僵死的"。我日复一日地锤炼是为了激活它！让它感受到人世间的无限悲欣。让它自身可以周旋翻转，让它成为它最可能成就的……

132

我们需要试验一种反向力学，以不思而获的理解力来清扫自己心灵的积雪。

我经常会痛恨雨后的泥泞道路，但我一直在这样的道路上走着，没有人同行，我甚至甩掉了自己的倒影。

我们所经历的梦，也可以理解为我们生活中最本质的部分。梦境纷杂，所以我们的生活纷杂。

饥饿就是一群动物，同属虎，同属鼠。

133

我的敏感是母亲送给我的，我的想象力是悲伤送给我的。

集中于道路而不要集中于心，集中于电击后的自我调适而不要集中于知识的检验。知识都是错谬的，但它无关"命运"，也并非你所要表达的主体。知识只是你的底线而已。带着生生不息的目光去穿越它，带着痛快者的诗意去淘洗它。

134

我在二〇一二年去写电视剧的时候正遭受平生以来最大的困窘（我当时的见识）。我的物质生活即我生命中最大的沟壑，我记住了使我的灵魂难宁的每个时刻。但我无法证明，我是否真正拥有了那些生活。此后我再也没有干过这样的行当……我受困于我思考的道路太久了，我受困于我灵魂的踟蹰太久了，但从来没有人告诉我，我们受困于自己的生命太久了。我不知道我是否拥有过那些使今日之我仍感惶惑的时刻，我不知道生活和记录是否是我在物质困窘之外的唯一获得。

135

思维只是一个小小的符号，但它具有庞大无极的标准，因此，这种属于辨识层面的难度"在考验我们每一个人"。

有时候，我是模仿了我的存在而生活着的。像上帝一般无视人间（自我）的所有疾苦，用泥土埋葬一切我所鄙夷的人类。我从根本上不会同情任何一个陌生的、浑浑噩噩地生活着的人类（我自己）。我的过于用心（无视）使我可以在任何处境里酣睡无眠（根本没有沉思，我从来没有失眠过）。我已经生活得过于古老了，像流动在树叶间没有丝毫涟漪的风，像照射在我们的背后使我们温暖而沉浸的秋日朝阳。我们的过于荣耀（内在的痴狂）和过于平静（沉睡无眠）是上帝赐予我们的，我们的生活是我们（人类）丢弃给我们的。像乞丐一般捡拾着人群之中的各类幻觉，在最为无聊的琐碎的岁月中过完一生，这便是我们作为上帝的幻视者的共同命运。我们根本没有生活之念，因为一切生活都不是我们主动的求索，所有的宇宙都不会被我们所共有。我们只有在作为一个广大的梦想家而存在时才有价值，但是，在我们沉睡无眠（无梦）的日子里，梦想家也都被埋葬在冰川。有时候，我们是作为我们麻木（无内在痛楚）的替代者而存在的。我们根本是无必要的（无理想，无生活的）？

我在精神上的挑剔之处，造就了我不可思议的诞生和退步。

生命中的一些微妙时刻，充满了各种惊醒和自足的

"光亮"；这是被时间自然孕育而不可追溯的时刻，诸般烟雾和梦幻皆散，唯余人间各种"尾音"在蒸腾和聚集的时刻；唯余鸟雀金黄，故土"离黍"，记忆不可历，不可及的怅怅时刻；唯余记忆难及，晨睡不可续，阳光明媚如"流年碎影"，一些"完整意思"乱纷纷不奠基不成型的时刻？唯余写作、人生与命运"关乎一心"的时刻：唯余此心历历，如宇宙历历的时刻？唯余"无人""无感""无觉知"的无蕴意时刻？时间如此富足，漫漫，唯余热情洋溢的时刻：唯余寒凉辗转，明亮如晨曦的大美而不言时刻？绿色是空心的，唯余树木枝丫的空濛长成，时间草草如不存的"大敞口""装沙尘"时刻？

136

能够给他的生命予以充分注释的，是他的遗忘。在他竭尽全力的追索中，有一些细节呈现出来并进入了他的自传。这是入睡前的枯竭。而你一定明白，我们之间的命脉就邂逅在这里。我一定是以倾听的姿态抓捕你的，虽然这不是我唯一的心愿。我可以用尽我的一切词汇赞美你。

我说过，我经常做那种赤身裸体的梦，由此，使自我（心理）变得尴尬无比。这从另一方面说明了我对自己的洞察不足。我对自己的处境深怀同情吗？不，我只是觉得这一切戏谑都是对的，常见的，不可抵挡，当然，也是不可预测的。我为什么会做这样的梦？也许出于我的隐蔽之心太深了，也许出于我暴露自我的欲望？也许出于梦境的虚无……它们统属于我的秘密领地，也统属于我的未来。我几乎无法确定我会在这样的梦境里生存多久，因为一旦进入它，就如同进入了飞鹰的内部。我的未来，大不过一只飞鹰从无到有的诞生。千古之事：我们不着寸缕的人生大不过一道飞鹰。日光消逝，我们的梦幻灵魂的弧度划过须臾，我们从来没有一只有力的手指可以抓住飞鹰，并且写下它的"从无到有的"诞生。

文字的细沙

001

我觉得，我已经写下了一团一团的废墟。我足以为此歌哭无尽。

我受到人世冷漠的激励，爆发出巨大的创造欲，这毫不新鲜。因为上帝造人就是因为他独处的孤寂，万物都不与他共语。

就其单独的形制而言，《主观书》是越写越短了，而这种趋势或将继续下去，从段落到句子、到词语、到单独的汉字……但就其未来的可能性而言，《主观书》是越写越长了，它更近于我思维领空的无限性。它比我的任何写作，都更不似写作，但也更接近了写作。

002

我还是得站起来（行动着，流浪中，能感受到事物的沧桑时）读书，只有"站起来读书"我才能体会到词语的灵验，而其他时辰的阅读使我昏昏欲睡，它对于提升我"灵魂的浓度"于事无补。

我可以快速通览全书，但如此一来，我也会快速忘掉它。现在我几乎可以断定：对这一类并非"讲故事"的书，追求阅读的效率是无用的。因为作者在写它们的时候不计成本，所以，我们在读的时候也不可算计。这是读写之间最起码的制衡，我们要制止自己快读书的冲动。

一些复杂到极致的书和一些透明澄澈的书都是需要不断地重读的，前者是在阅读上的一种征服欲，后者则是一种单纯的捕光行动。（我们总是希望抵达光线的中心，无论从任何角度进入。）

如果心灵的潮水涨满，则内在的声音加大，被浏览的册页便无法拉紧他奔马般的思绪……在这样的时候，但请放下书吧，因为灵感已经形成，它在安慰着无数亟待突破窠臼的酝酿者的心、劳作者的手、苦行僧的面目……在这样的时候，我们最能见识梦幻般的暮色，它镶嵌了一个影像在黑铁一样沉的天穹上。

003

阅读和思考，都可能摧毁我们。所以，有必要解救我们的心灵，让它间断性地回归一种大地无风般的静止。

不要仅仅从物质的层面上拥有书，这可能是我对读书人最后的忠告了。

主观意识太强的人或许不适合读太多的书，因为阅读最是一种形式的杂糅：过多的知识的介入会使他本来的面目变得混沌起来，而他的纯洁的理想所在，却是写出不含有任何典故的作品。书籍会淹没他，加深他与自己的疏离。

毫无疑问，阅读本就是一种天赋，需要执着于探求甚至献身的灵感。

今天，我只读了三十页书，但我读到了广阔的"感觉"，我们内在的"悲哀"（无限性）。但我读到了"死亡"（一种被修饰过后的辞章、一种有待深入的本质？），但我读到了我可以不去阅读的引申部分（不阅读、不思考的生活！）。我因为"读到了"而变得彷徨（整整一个下午），无所思（茫然无头绪），困顿（神情肃穆，无言相对人间）。今天，我把阅读的历程拉得很长，时光弥漫，我似乎读到了我的一辈子（思考的担负？空洞的岁月？命运中的破碎？），我因为读到了而感到相见的欣慰、人生的不足（苦涩的一辈子？）。今天，我浓缩了、模拟了我阅读和"叹嘘"的一辈子："密西西比河此刻风雨，在那边攀缘而走？"我们何时看到了神情的浓雾？

004

单调、枯燥和繁复无尽是我目前所能想到的三种有力的文学风格。但我不愿意成为其中任何一个的主体，我的雄心要比它们略为大一点儿。我希望压碎这些词，使它们变成一个静默无声的空虚的笼子。

我已经活了四十年了，在接下来的时光中，我只想整理我的著作，删改我的著作。有时，它们会发出事物的清芬之气，但有时，它们却是臭的，带有旧时光的辗转而循环的污浊。我希望能够中和这种种味道，以使它过于激烈的部分变得不那么刺人眼目和"独自沉醉"。

005

当他们都在摹写物象之实的时候，我只想记录心灵之空。（一种舍我其谁的虚伪思想）

可以把生活设计成真正的幻觉存在，因为在我们看来，它总是飘忽不定的。一切都在流逝，没有任何影像会因为我们的呼唤而长存。所以，真正的写作者总是呈现出这样苍白的思维的皱褶。

毫无疑问，专注来自空荡荡的心灵，它的沉醉便代表着一粒海水的沉醉，当它向着外物融入时，它的思维的气味便是世界万物的气味。

006

在黎明的台灯下写作，我的静谧之中涌动着日出前的狂风。

七年来，《主观书》中最值得关注的，就是我内心的弯曲。起初我很难完整地记录它藉以形成的全部外因，因此我便完全舍弃了它而专注于结果的综述：一次次的内心"概览"。但我压根没有成功，我每一次都感觉到了我神奇的失败。我每一次都感觉到了，我完全可以"重来一次"。我完全可以再写下八十万字来覆盖以前的"文字的细沙"。每一次，我都是带着全新的开启来日的信心去工作的。我隐然就是我内心（精神宇宙）的淘洗的工匠。我隐然就是不惦念、不循环、一往无前的大师。但是我失败了七年，但是，曙光还在——我的轮廓般的未来形象还在。我对于我自己的压服、克制和激励之心还在……

007

能读进去吗？

阅读是简单的；启悟、生成和应用却异常艰难。

能写出来吗？

思考是简单的；能衔接、传递、勾连起犹疑与不疑却异常艰难。

能理解光吗？

看见是简单的；能无视、能穿透、能察知却异常艰难。

要去写作吗？

写是简单的；存有我却异常疑难，忘我却异常艰难。

但是，真要写作吗？

不写是简单的。冷静地坐下是简单的。但是，糅合万物之思却异常艰难。

但是，还要写作吗？

纯洁而明亮的爱是简单的。但是明亮而庄严、体贴和悲悯却异常艰难。

但是，狂悖和无知的爱却异常艰难。

但是，保持天才的可能性却异常艰难。

但是，丢弃理想的误解性却异常艰难。

但是，忘记阴晴是简单的。

写是无畏的。

但是，不写却异常艰难。

思之忘乎所以和不思之保洁却异常艰难。

008

诗是修辞的反对之物，最有意义的言说一定会面临本
质的空阔。

简洁并不一定是最深入的（邂逅），如果我们需要了

解一个诗人，应当深入地感受他的繁复（重复的几率和思考的疾苦），应当深入地研究他藉以睡熟的枕头。

重复的深度不够，恰恰是你无法回归起点的一个桎梏。你过于流连人世风景，心中欲望横生——它淹没了你的"枝节"，你无法离开这种淹没而达致尽力的宣泄（酣畅淋漓的动词！）。

009

我在读你的书。在婚车上？在人生得意须尽欢的"困境"中。在迷恋的独白中？无论我们相隔的光阴有多长，其实都是"短暂的告别"。其实，我们的命运都是如此短暂啊。但只要高楼沉浸，人间阴晴，声音响彻云霄，我们就可以不惧生死。因为这是人间安慰，万物欣荣。因为这是在"中山陵"，群山也在奔涌，林木继续萌生。那枯干的叶子也在生出"头颅"。那林中地、岐山路，都是我们的梦魂交集之所。都是我们的故乡（泛滥）之所？都是我们的"爱情"——独自凝望，心中草草，明月光辉？都是七星北斗，苔藓驻扎，泥人滑脱，艳阳挂悬？都是园林如瀑，水流高茂，盛大如昔？那永远的"明月"啊，虚幻的映叠，不知终始（不确切）的此生，那短暂的人生告别（我们终究相会？莫非有来生吗？是从身体化解的一刻开始飘升转化？）……总而言之，我已经用心地去往那"林中地""腹中肠"，望之如星球之间黑黝黝间隙的一抔抔黄土、一堆堆瘦肉、一条条根骨。总而言之，我们都是短暂地告别，永久地落幕，叽咕叽咕地唱诵人生的赞美诗（华美的大氅）。总而言之，念天地之泯泯，生死之泯泯：始念方生，故我重逢（念之天地，生死偕同）？

010

我为自己无穷无尽的写作所要承担的无情现实便是我弯曲的白发。我的视野实则是无穷地缩小了，可以在温暖的夜里感到无穷的寒冷。可以感到鸡鸣于埘，天地间不过就是一命接着一命，无尽的衰亡，以及无尽的"友朋沮丧"。其实也不过是一声叹息罢了。我们生之逃逸即是无尽的衰亡，无知无觉：你何曾明白你已经活过，而灵肉的区分也无人能懂。你不过即是此刻的一声叹息，而我已经看不清你生之表情。

我在写作时激励我的声音有时也会消失，这样一来，我就只剩下孤军奋战了。但即便恐惧到极点也是没有用的。我必须以我自己的方式熬过去：通常来说，只要是写就可以熬过去；否则神魂不宁，内心中总会出现"其他的声音"。我希望赋予"其他的声音"以某种突出的自我属性。我希望以这样的方式刷新我的内心履历。但是这么多年过去了，事情一点都没变，除了我"日渐苍老的心"，除了我"日渐被啃噬的心"。

　　011

　　世间至多不言，请珍惜自己的"点滴"思想。

　　一条鲜明的轨迹贯穿下来，证明了我仍然走在路上，证明了仍然有"我"在文本中……我看不得我的隐身，一种可以意会的知觉之痛。（关于《主观书》的前后分期）

　　静止。盘古开天之后的一切人类的静止。没有诸神注目的高山般的静止。

012

如今，我已经确定无疑了：我的写作中没有枝叶，因此不会汁液淋漓。我的写作中只有干涩的热力（我自以为是的灵肉和"自足"）。但这是对的。"我"的呓语的特征就是如此。"我"的呓语的特征不是描绘性的，而是一种渗透。我花了十几年时间来研究"我"的特征，结论显而易见：我只是为此而生（迄今为止），而不是别的。我无须拒绝它（现有的特征），我只要把它发扬光大，使"它"成为"我"——唯一牢靠的、强有力的"生命的声音"就可以了。

如今，我的工作便是要去掉人间实事的叙说。我计划不跟踪那些完整故事而说出我最新感受的。也可以说，我没有寄托（不必有）。也可以说，我是立足于旷野之上的写作。只有大风雨是我的素材。只有树木萧瑟和浓郁的风景（何必只是主观）是我的素材。我承受了毫无寄托的愉悦（没有任何可以贴近的友情，没有任何默许，没有任何孑然自在的苦楚）。如此，只有书写自身（没有从物体的实在中降下来），只有被书写的渊源和担负（没有合作者，没有可供一夕之谈者，无可不见者），只有梦之虚幻和醒悟后的不知身之所至……如此，我来拆分一个完整故事。作为星球之上生命微粒，我们大抵只可信任这一切人间曲折（渊源不至的精神苦楚）？！

013

我并不担心自己生活的养分不够（事实上，担心也是没有用的），我只是担心我的理解力太多了。对生活，对各种事物，对未来，对各种形成时间的假象……我担心我对他们的理解力太多了。太多了，意味着我之理解的不集中、不诚实。我为什么要奢求成为一个生活家呢？应该确定的是，生活家不是文学家，甚至根本不是。文学家应该是对某类生活异常无知的人！唯其无知，才可以在更宏观的层面上把握生活，没有任何具体的偏重性。但我们大都错了，我们会为了自己没有生活（生活的容量较少）发生争执，但这是没有用的。真正理智的做法是诚实地对待自己经历和思考的一切，尽量使自己不偏向生活的任何一个畸角，对人不求全责备（能真正做到吗？）……如此一来，生活基本上是"宏阔"的（没有偏向性，正直无私）。我们需要为了使生活的更深的意愿达成而做出更多规划吗？自当如此，必须是这样的，随你的便……（一种无所谓的惊叹！生活是这样的，无论怎样，我们都得梦幻一般地活过！我们不要过多地强求自己获得另一种生活？）

014

文学不是写给全体读者看的，文学甚至不需要读者。最伟大的呓语，应该没有人（作者之外的任何人）可以翻译出来。最伟大的呓语，应该由最不合言说规范的文字写成，它只携带着写作者一人的体温（巨大的私密性、建设性以及不通融）。

015

应该写出最为长久的诗，以此来对应我们日常生活中至为沉闷的奇观。（始终散乱的册页：数以千万计的，单调的，重复的……令人揪心的极限重复？）

为什么要写诗呢？因为诗是小的，正可以用来填充人心的孔隙。

写作确实使人复杂，纠结，总觉得不能表意于万一。不足以细谈，却能深耕。但前提是，你必须找到一个退役的信使，出于职业的惯性，他会耐心地聆听……

016

起初，我只是想写出一种句子：它具有高度的膨胀感和神情的浓缩；它集中了一种生命力的菁华、浮生若梦的语言；它是游龙般的幻境的承载物；它具有最精确意义上的含糊感和最忘乎所以的爱恋之心；因此，它也是一个人面临万物和尘土时最大限度的指引……但是，久而久之，这种强度过高的审视力改造了我自己。我对于自身的妥协和激发所能容忍的间隙越来越短。我对于自我的厌弃和首肯所能容忍的间隙越来越短。更多的时光中，我的生命是空洞的，不及万物和灰尘。更多的时光中，我需要去阅读和行走（在大地上），飘荡（在浮尘中）。更多的时光中，我对于世事的沉潜和忽略是不会为人所知的。更多的时候，我只是我的一个尸身在世界上游弋（如幽灵般）。更多的时候，我心有我所不及的万物和尘土。我对于强度感的涨满充斥了赞誉之心。我需要不间断地连缀它们，以使我的命运达成！这或是我唯一的补救之法……我不愿意在我灵魂最空洞的时候去读漫无止境的书，去写虚弱如泡沫的句子，去承受蜉蝣生物般的无限次的压力。我抓紧机会把我的空洞感之变奏写了出来……如此，我的心有尘土，它承纳万物过重。如此，我的心存万物，它黏附尘土，形成内在的风云和雷电。我仍是我所不及的少数，它只蕴涵在多数"唯一"的时刻，"寡人"般的盆地。我仍是无须多言和"沉默"的……

017

日记可以不仅仅是自我的恳谈录，日记也可以成为自我的事实上的荒原，一种无所飘移的阴森森的奇迹，一颗莫大的虚空的卵子，一颗颗盯视今日的黑色眼珠，一片欲雨未雨的江海，将至未至的爱的倾心，一阵阵细针样的疼痛（震撼），一种丝缕间的流逝（生息的自我：起居），一类霜雪……日记是伺机而来的风的暴动和大洪水之静谧；日记无须写出，日记是一种根性的自由的律动！

日记：可以坚持把思考的破碎性记录下来。可以把吞入一枚果核后内心的被刺伤感记录下来。最重要的是，可以把自己灵魂的无边无际（像宇宙一样无边无际而又自成体系）记录下来。最重要的是，这种记录是出于对自己的无边无际的剖析的知觉，而不仅仅是出于对自己的思考的荣耀的知觉（当然，并不排除这样的知觉）。在漫长的：几乎和有形的生命一样古老而漫长的等待过程中（日记基本上是关于等待的书写：精神上的，知觉层面的），可以使自我的多个肉体同时完成。在此的。在彼的。可以使自我和反自我的多个肉体同时完成。优良的。败坏的。如果说，日记是见证我们身心奇迹的上帝的赞助者，则保留（毁灭，保留，拆散，阅读）奇迹就是日记的唯一指令。我很多时候都会觉得，日记是从天地的结界处输送而来的奢侈品。它本来不存在（因为被撕碎了），但它为什么又存留下来（变成日记，书籍，生命中歧异丛生的日子）。但它为什么又逼近我，刺伤我，孕育我？

018

写作是需要不断地建立、不断地融合、不断地带入和发掘的一桩事业？不，写作很难构成一桩事业——它构成一桩事业的可能性已经被各种自我的麻痹、慎重的思虑消耗殆尽。

写作是一种生活的突出之物，但它们绝非生活本身。

我想把我的著作（《主观书》）写得冗长一些、烦琐一些、沉闷一些，尽可能地离读者远一些。自我内在的矛盾、不可解决的难题更多一些。让它看起来像我的灵魂的孑遗，让它吓跑无数想接近它的人。让它发自骨子里去鄙视阅读它的人、写它的人。让它孤零零的，变成一本不被重视的书。只有这样，它才能静静地躺在那里，变成一本"死"的书。它将以低眉顺首之姿完成自身的最终修辞。

019

文学的意蕴并不一定来自昭然若揭的触及人世，文学真正的意蕴应当来自某种空洞无物的涤荡和难以言喻的邂逅。文学的意蕴并不来自讲述的姿态（非常明显的自我的注入），文学真正的意蕴可能来自某种羞辱和重复，无限期的夸大（"洗涤你的骨头"）。文学没有固定的法则，法则都是写给庸人的教科书。文学也不需要有任何文学家的倾力付出，文学家只是某种命名的荒诞无稽和强作解人罢了。我们为什么会经常面对"眼前有景道不得"的诠释窘境，似乎与我们和文学之间无所不在的沟壑大有关联。文学仍然不是头脑的机械发热的产物，文学只是某种阒寂无声的微生物的蠕动罢了。你从来没有清晰无遗地看到它，你不可能完整地重现和复原它。

　　写作最需要神秘、懵懂、天真、初始之气。所以，我有时感觉"人情练达即文章"并不大对。所谓"人情练达即文章"，不过强调了要多去理解世俗的声嚣而已。但是，文学的灵魂，不完全由人而西东：人只是小小的寰宇，"人群"（乌合之众）更是。而混沌的天地万物是大的，更及于宇宙的空洞本原。可以与天地之大相对应的，是，且仅仅是"一颗心"的广搜博涉。小小的寰宇可以在这种枯思和敏捷中求得童贞的突破，所以"人生如此寥廓，不思为写而何"——也只是重申了世界之根是什么样子的。我们事实上可以有"向内"和"向外"两种极大的创造，但无论向何方循迹递进，都要遵守这种童贞的浑莽而已。因为宇宙源于无（浑莽不可见），所以我们不必以通达引领外在的视觉（申饬），我们只求心灵的神秘和明亮足矣。

需要彻底解放语言。需要在它的利刃上淬炼出梦呓式的钢铁。需要击碎剑套，让利刃的感光处于无法归依之窘境。在语言的使用范式上，我们已经凝固出一种陈旧的明媚，但这种过于晓畅的表述或许只对写出流行读物有用，真正的创造者却不屑于只领悟这样的技艺。真正的创造者更重于对心力的见证，更重于建立隐秘之途，更重于在幽微和迷障之中，造一条迷宫中的霓虹。所以，常规意义上的好作品常让人泄气，恬畅的岁月亦是如此。而解放语言，和解放心力（的宇宙）物理相通，我们几乎不可能在一个确定性的方向上展开一面曲折难辨的悬崖。往事依恋不觉？沉睡者大体如此。但是，我们不必拘泥于在酣畅的眠床上死去，我们要理解和见识一种旷野之中的洪荒之死。语言的真正裂变，不可能仅仅蕴藏在知识者的身份认同之中，因为仅仅是知识者，很难洞察那醉意来临的所有征兆。我们应当有泯灭自我（之宇宙）的全部雄心。

020

最初的几万字是不错的……开头永远预示着感觉的正确；预示着精神的出彩；预示着天空的广阔、升高与降低；预示着面向未来的无限的可能性；预示着我所能抵达和克制的理解力；预示着诗意的展开和内心的拘谨；预示着花卉、原野和戈壁；预示着气韵的脉络和可能有的瑕疵；预示着不断的汰旧履新；预示着写作的幸福……仅仅是开头的几万字，一种不断积累起来的开头的几万字；我计划把开头几万字最终呈现为它的数十倍、数百倍；我计划以这样的努力来写书，把开头的几万字再不断地压榨，编辑成书。最终，我将写出我的唯一的书；最终，我将有一部贯通首尾的长达百万字的巨著；最终，我将死于这样心神的放旷与力竭；最终，我将完成于我的永远不可能臻于极限的完成——

021

应该以最浓稠的血液写一本书，它们是你所有灵魂的集中。

022

迄今为止，我们所书写的都是"镜像之书"，也是对自我的最深的拘束。应该反对"镜像"，而让万物自带光亮。应该让万物都成为没有映射的直接的镜子。应该写出万物的原始的透明性。但一定要记得它的原始中的繁复，它的透明中的深沉，它的喧闹中的沉闷，它的有之中的无。

畏惧万物，也是我们的镜像。畏惧自我，也是我们的镜像。畏惧矛盾和出尔反尔，也是我们的镜像。我们以镜像之得，失天地宇宙之实。我们的反复供求，成为一面迷茫的镜子。成为一面灵异的镜子。总之，都是一些"不太成功的镜子"。

023

伟大的诗不会仅仅滞留于一些柔顺的句子，它还应该有命运的深刻的裂纹。

千万不要以语法的逻辑来审判大诗人之制，须知，在很多创造力极强的诗人那里，语言不是他的工具，而只可能是他的奴仆。

伟大的诗，也是坚定的诗，强硬的诗，不可替换的、精准的诗，是与灵魂签订了契约的诗，是贯注了诗人心神的诗，是恍惚中的迷恋的诗，是悲伤得辽阔的诗。

伟大的诗，不需要韵律的衬托，它的韵律是自在自为的。

知识和典故可以构成雅致的章句，但伟大之诗的苍莽要远在这所有的元素之上。

不需要佩戴人世的面具，也不需要尖刺和荆棘，不需要梦幻的完整性，也不需要轻盈的慰藉，伟大的诗只存在于河海与天空的交流中。

024

谈论写作时，似乎每个人都可以针对"自己的文学观"进行一番阐释，但这很可能是个技术误区。文学观不可能用来指导文学创作，除非他准备写的是"文学观文学"（一种僵死的文学）。

可以简单地、梗概性地设想一下，但一定不要过多地去想（甚至干脆不去想），让文学保持一种混沌性，让灵感的奔腾保有其最原始的炽热，这应当是天才之作产生的一个有效法则。我们应该异常地珍惜文学中的"星外来客"。我们应该反对任何客观性制作。

025

这么多年来，我一直想写一部矫正的书，它需要将一些乌七八糟的幻想，矫正为写作者所需要的真正灵感。

我能够干脆利落地发出自己的声音（不以他人作为中介和循环）的时间不超过三年。这三年来，尽管我也会沾染他人的腔调（表明一种时代性，表明我还处在这个宇宙中），但大体是我自己的声音。我自己的声音是根，而其他一切万物都是表。在若隐若现的自我与万物的言喻之间，一定有一个自我浮现出来（虽然我有时会竭力地否定它）。我试过离开我的内在去写作（接受一些约稿），但情绪达不到（不愿意写，又不好推辞，因此，内心交战不已）。我甚至想过通过写作去赚一笔丰厚的酬金（十多年前，我二十五岁的时候就这样想过），但情绪上还是"达不到"。因此，迄今我发现了，我写下的都是"我自己的"，哪怕我死了，它也是真实、纯粹、宁静而喧嚣的，是我内心的飞扬跋扈和自甘日常（思维的流溢、漫漶和琐碎，但一定毫无设计感，处处是与自我的邂逅）的象征。我死了，我也不担心这样的书会失去它的读者，尽管这一切已经与我全无干系。想到这一点的时候，我自感"心情悲壮"，但也没有什么，因为我毕竟已经活到了我生命中的第四十一年，我的《主观书》已经可以出版厚厚的十卷书：一百万字！我对自我身心的观察、疏导和压榨已经初见成效，我的命运已经是我自己的。不需要太多被动地思考，太多被动地生活，太多被动地屈服自己……

026

人们希望成全一个作家，殊不知，各种努力（劝说）的结果却是加速地败坏了他。所以，还是让一个注定要成为写作者的人自由地成长吧，只有嗅觉灵敏的他才能识得地上葳蕤的青草。

027

我担心《箴言》不能满足我，所以时时想写《追忆逝水年华》或《没有个性的人》或《尤利西斯》这样的书。但是不对，《主观书》的灵魂即可是一则长长的箴言。它的长度和密度和深度和广度都可以和上述几部书甚至和更多的书相比。不，我不需要和任何人相比，因为《主观书》只是一则长长的箴言，但它用我最精微的血液写成。

我的创造力是我的"孤帆远影"赐予我的。我的创造力是我的"苦闷的阳台"赐予我的。我如今写下的这两种激情，代表了我所思所虑的两个方向。我的创造力是我的"无尽头的反复"赐予我的。

028

创作性语言和机械表意的语言，当有大不同。前者以气韵运思，可使文气流转而下，一脉贯穿。后者，仅仅是"说与你知道"的公文而已。

但文学最需要的，又岂止是"说与你知道"，文学需要的是裂变和未知的警醒之思，是意蕴外的意蕴。文学不是解释和分析。在一切伟大的文学著作那里，都深藏了上帝的犹疑和沉思。那些无法重述的部分，才是文学最近于本质的部分。

029

头脑的昏庸（犯困，瞌睡虫）似乎有助于我们理解最高深莫测的话题，因为我们生而有之的坚定在犯困的时候会变得宽宏、雍容、大度。这是好的征兆。也有助于我们写下最神秘莫测的诗（句子）。

我在能够完全把握灵感的时候与思绪空荡荡的时候，都曾经写下了我此生中最重要的句子。我把它们视之为我可以从事写作的直接例证。直到今天，我仍然没有放弃写作的任何动力。

或许正是因为对未知的永恒察觉，才使我的作品永远在踟蹰中，永远未完成。因为，只有坦荡的敞开才是洁白的。相对于那些已经写下来的文字，对于未知颜色的想象力高于一切。

品质优异的书具有无可限止的生长性，即便是沉湎百年仍然骨肉不腐。

030

我永远写不出无穷的边际，因此，我一直书写，直到用尽了世间的语言。

好故事，应该有历劫万世后的清洁。

伟大故事将生产优美的天籁般的曲线，但讲述者却僵身站立，他在艰苦地抉择，以获得一个稍为宁静的破题方式。

应该写下"一系列空洞"，来指涉我们身处的这个宇宙……

031

诗歌有时更近于一种语言的幻象……它是苍生呓语，化蝶成泥的容器，它是巨型水库在我们心中的藏匿。

小说本身即是对时间的稀释，它无法像诗歌一般聚集表现之力。所以，如果要从小说中读到振奋和癫狂，大半会归于失败。但是，伟大的小说会制造伟大的癫狂之症，它是"本质性修辞"的一个超长注释？我有时会从伟大的癫狂的小说中读出一行诗歌才有的"聚精会神"，我知道，这才是我濒临阅读的隐秘的初衷。但是，这样的稀见的时刻无法构成我们作为专业写作者和阅读者的一生，常规阅读和写作总在败坏着我们的味觉、听觉和视觉！在一种"极苦"的寻觅中，伟大诗歌的"聚精会神"是连月大雾之中的穿顶星辰！必得不惜一切代价地接近它，否则，那带有毒性的迷雾便会彻头彻尾地吞噬我们。那带有毒性的迷雾既是遍地落花，又是收葬我们的丛林、覆没我们的朽烂的棺椁。

何谓本质性修辞？我指的是一种去掉了一切饰物，可以自在言说的、近于无修辞的本真状态。或者说，本质性修辞即是一种语言所在的澄澈之姿，它是修辞的"闪闪发亮"。

"本质性修辞"即修辞的起点，它是原生性的。我们由此所受的启迪要大过一切凡庸之作向我们提供的营养之总和。"非本质性修辞"或真正意义上的通俗（庸俗不堪之作），也可能给我们以一种灵魂的警醒，但它的养分还是太少了。这种警醒并不足以支持我们进入到灵感的深邃与幽微之地……如此一来，我们在生活和阅读中的发现会变得冷峻和艰险。我们必须以一颗见证裸露灵魂的高崖巨眼来看世界。我们必须以一颗深达大地腹心的高热的心来看世界。我们必须以身处极寒之地的惊惧和敬畏之心来看世界。这是在一颗"天不遂人愿"的星下，我们必须身着我们的胎衣来看世界！

032

断片写作是一种省略。省略了铺排，一切无关紧要的成分，直接进入思想之核，所以，它无疑更能触动人心。

而它的问题，也只在于"太快了"，使阅读者没有丝毫喘息之机，密密麻麻的，都是"思想之核"。

033

不要刻意地去想怎么写，写法是随着生命的节奏自然流出来的。

图书馆哪里有什么新书呢？新书只代表彻底的沉寂和尚未进入流通。而真正有意义的，到底是那些快被翻烂了的书，还是被灰尘笼罩的、等待被借阅的书？（书的陈旧、纸张泛黄、边角翘起、无穷的勾画，意味着书的生命的被开掘还是新的死亡？）

审查着书卷的无限……它们仿佛不是我所拥有的，它们只是时间的压迫形之于一种印刷格式，我在整理书卷的时候审查着我的生命的印刷格式。

我们所有人都是边缘作家……（没有中心意旨，没有主线条，没有我）……我们所有人都是饥渴的（人世的水不足以灌溉我们）？

034

如果不能大踏步跨得很远，就需要用心地体会人世间的一切辛酸与欢悦，因为在那最细微的地方，也经常会长出最伟大的、千古不易的诗来。

即便是一本十万字的书，也可以突破思维的极限，达到永恒的贞洁！这么多年来，我一直浮游于"十万字的汪洋大海"，一种潜水生物般的快感和痛楚席卷了我。我一直是我的思考驮载的重物！（"灵魂的紧缩"）

打开"天光"，便是发现你的纯粹性，但这纯粹性愈来愈不可得，因为你已经触探到人世的欣慰，一种无比芜杂的、具有诱惑力的欣慰——身心的蠢蠢欲动。但是"天光"密布，晶莹剔透，你必然有从令人欣慰的万物抽身的一刻。你应该懂得，这一种天籁的静止，只是你弥漫于潮汐之中的创世。你身不由己的样子正被上帝所捕获，他酝酿了你在梦境中的（身心）建设。

035

在人生看似无穷的可能性中，我的选择空间已经无穷地缩小了……成为一个作家……成为一个一生只写一部书的作家……成为一个反复的单独的作家……成为一个籍籍无名的作家……成为一个纯粹的人（作家）。但这种缩小，是多么令我欣喜啊（因为我对时间的汰选、刻意浓缩和省略）……

尽管我只掌握了一门外语（汉语），但我或许会终生从事译事，我把我的母语（灵魂之思，在形式化语言介入之前的语言）翻译成能够印刷的文字，使之成为我的铭记之书，或永恒的忘却之书。

写作的医疗作用？不，能发现和使用它的人太少了，并且都不纯粹。倒是一些对它指望不深的、聪明的、退缩的人可以说服自己去读懂它，可以宣谕众生已经掌握了它。（一种技艺？）但我是不相信的。我与写作的关系多近啊，可我仍然不是为写作而生。我也不是为这个世界而生。我的降临，只是父母的片刻欢愉对时间的报复。（长达半个世纪，或许一百年？总之，我的命运是坚硬的碎石，太可怕了。）

036

尽量少写隐晦的诗，它比隐晦本身更加罪恶。尽量少写透明的诗，它比透明本身更加罪恶。尽量少写诗，它比写作本身更加罪恶。

与弱者谈心是无效的，与上帝讲情也是无效的。他们都有一根变形的带纹刺的铁钉，用来搞坏自己的思维的螺栓。

可以尝试去写无物的诗篇，像曾经助人苦渡的河工抽空了"飞架天堑南北"的桥梁。

037

为写而写和让思想自由地流溢的一个根本性的区别是，前者是要闭门作怪，让理念主导意志。后者则是出于内部的涨满，需要释放一些物质出离自己的身体，否则过于充足无可安放的思绪会让自己的灵魂不宁。

我为什么要去书写浅白无力的书呢？仅仅为了追求被理解？（但浅白是无效的，我们的理解力和内灵魂要比浅白的书籍深刻得多。）（浅白是夹生的，但我需要的是，"思想被煮熟了"。）

038

很难赋予作家写作以表演性，因为这个呕心沥血的历程太漫长了、太枯燥了……抓耳挠腮，不修边幅，苦刑犯一样的作业，坐卧不宁的兴奋和各种古怪的写作习惯，最重要的是孤寂及其弥漫于其中的无穷的反思……因此，一切意图表现作家文学生涯的影像作品都过于浮皮掠影、过于软弱了，除了加重人们对作家写作的不解和虚无的顾盼外，几乎一无所取。

我不喜欢利用任何手段推动它（任何事物）提前完成，这种完成无法凝固和结晶，它势必是短促而僵死的。

长篇奇谈录又岂是一个字一个字地写出来的？你能感受到写作者苦心孤诣的运笔吗？你能感受到"他"的爱？在长长的（已经长成日月之形的）奇谈录中，蹲守着一个人默然无声的"神情的集中"。他肆意地忘却了他的笔法、各种无知觉的静默，他肆意地忘却了时间流动的惯性……常常需要挣扎着起身，穿越世间的丛林去寻找人、事、物的"旧踪迹"？！

迄今，我并不知道哪一本书完全是在"写"的意义上得以成立的。我不觉得它们只是单纯地"写"出来的。"写"的动态性不足以完整地构成一本书的样貌。"写"之坎坷崎岖不言自明难以剖定确凿无疑地绽开。因此，我们缘何以写为据？我们只是谨遵内心的律令而尽可能地不逾矩罢了。

039

有时候我想使用的，并非承载事实的语言。这种承载看似经济适用，却未必是文学的。文学的语言，应当有一种特定的恍惚疏离的属性。但是这样的传统在我们这里几乎完全被丢掉了，表面上看，这样做即是一种自我庇护。但在更久远的时空中，正是这种庇护使我们变得一无所有。文学的求解于万物复苏的实在，使它失去了最值得敬崇的根本。

040

我希望获得一种指引的力，那所有超长的注释都是为此而准备的。但是，仅仅只有一小部分的光明成就，它们不仅携带着我的生存的苦欣，而且携带着我的另外一部分自我。相对于我所获得的自我阐释，我未知、未解的部分更多。迄今我所写下的也极为有限，我还需要完成什么？我的笔记如此单薄，而生活如水浪纷涌，而行旅漫漫崎岖，我还将写下什么？《笔记》自是对我的瑕疵的展览和改造，它或会比我经历的部分更多、更优良，也更为坦荡无虑。我写下它们，但是整体生命的未知属性仍是一如既往地存在下去……

　　有时候，过于清晰的灵感会降临在我们的生活中。它的"完美"呈现，是我们灵魂的"腐朽"的节日。作为一种"自知的灵感"的操盘手，一个貌似成熟的写作者"幸运"地抓捕着这样的节日。因此，他们有书写者的"命运的汪洋"。没有孤峰也没有深情漩涡的，"命运的汪洋"。而我们感觉的大悲诵，不会在这样过于清晰的灵感中诞生。只是在某些时候，这种"感觉"的繁盛会令我们担忧，因为不飙不辨过于其极，就是我们的灵感（一段生活、一段知识）的死期。我们如何可以不计明里地住进去？像住在华屋（无法搬动的，因而是僵死的）美服（过于炫耀而失真的），我们的躯体也是僵硬而孤苦的（离可以真实地感受的生活太远了）。有时候，这种过于明亮（泛滥）的灵感像一个个"深情"洞穴，令我们不设防地栽了进去——因而，我们的一生得以成就（败坏）。我们一次次地路过这样的时辰，一次次地忘掉自我的迷障（途径），一次次地不加洗涤，因而我们只能做肮脏华服美屋里的甲壳之虫。我们何曾抵达过原本充满了神启般魅力的一生？

042

　　我不仅对我误解和不解的生活缺乏引用，我对我所热爱的生活也缺乏引用。我的主观，可能只是我的自我意识（一种贴紧我的气质和风格）的象征性的延伸部分。我并不希望对我的风格进行过多的记录，我并不喜欢在我的作品中过多地体现那些仅仅是作用于"象征性"的风格。我可能更加倾向于在我的写作中摒除我的阅读和生活的部分，对我的耳闻目睹不加引用，对我们身处的这个世界不去汰选，不清洗，任它混沌来去，自在开展。有时，我甚至会认为引用量过多的写作便是无法自我确信的写作。我并未看到征引的必要性，但事实上，我在彻头彻尾地引述自我和他人思考的过程中常常忽略这一点。我的"缺乏引用"只是我不自然的一个表现，它以一种非黑即白的茫然大力把我推远了。我如今站在一个日常生活的天堑之上：它平静地回视着那高旷天地间反复被借重、叠涌和呈现的生活的谜面，它被自身不觉察的事物的表象推远了。它只是天堑般沉重而虚妄的穹顶青苔的延伸部分……

043

　　我买过了多少本诗集？但它们都不是我的，不是我写下的。甚至不是我的读品，不是我的记忆。它们仅仅是物品，用来装点我的门楣？我最用心的诗歌需要化为血液进入我的内在，仿佛写作者是我。我也可以写下那样的诗：契合一切优良的气质，契合它们抒情的典型性，甚至更为优美。甚至更为动听。我阅读它们是读我自己，就像他们（书作者）读我的著作是读他们自己。我一点一点地以它们来填充我，直到我身体的内在膨胀而臃肿，像一个怪物。我是我所创造的奇迹的主人，啊，我需要写一本容纳空空万物的诗集（书）。我需要去写，而不是珍藏诗集（书），而不仅仅是读它们——享受阅读的愉悦像享受性爱后的放松，但我需要的不仅仅是读它们。我需要造一个只会写诗、颇懂韵律的、空空万物的神。

044

　　根据目前的预计，《主观书》全集会有三千页厚。三千次从"零"开始的长途跋涉（我心中因此藏有日月星辰），三千次关于怀疑的证实，三千个梦幻性语词，三千次独立不羁的转折……这就是我所面临的出版现实：到哪里去找一家可以出版三千页厚的字典一般的书籍？它积聚了所有的合力，只不过在诠释着穿插的艰难，只不过在诠释着天地困苦：即便科技高度发达，也改变不了冬日酷寒，"千里冰封"和夏季烈日炎炎的炙烤，改变不了天空的弧线和海水之深远空洞孤立无援（储藏极富的"孤立无援"）！

045

仅仅是句子，也可以有惊人的色泽，但我们从来没有觉得我们仅仅需要这些。我们想要获得的太多，由此形成的对生活的超越是虚幻的。我们长着无比笨重、蹊跷，但却平凡的五官。

我准备写下的这两则箴言可以附加标题给它们：《精神的夜行》和《勿使故事作为中介》。关于前者的形成，只是我在还我（们）长夜不眠的一个欠账罢了。而后者则是我延续已久的思考。我可能已经表达过太多次了。但是，不断地重复使它具备了重大的意义，若非如此，我何至于深夜不眠，而黎明即醒，中间几乎没有转换……黎明的夜行？是的。还可以再加上"白昼的夜行"。我们酝酿已久的诗情。（日常生活的魔镜裂了）

《勿使故事作为中介》的前提是故事的不及，精神表达（并非一种单纯的理念）可以先于它存在。一种复杂的，具有万千缠绕的精神深度。需要阐释的？不，阐释是低级的，非本能的，触及他者的。而作为阐释的接受方的观众是不存在的，所以故事的介质不存。不需要任何人来看到，读懂。（阅读是一种轻浮？）（在等待和涨满阅读的激情的时分尤其如此。）（性欲的涨满？脸颊憋得通红，沐浴，进香……）（我们想到读者如同想到爱人，但是，我们的存活的本质是独特的，无爱，无灵魂，无世界。）

046

我受启于那些生活。我将要书写的一切，包括我眼下仍在继续的这部书，都尽可能地准备复原那些生活。这部书刚开始的时候，确实有一些不明所以的段落，但到了后来就逐步精确起来。精确而实在，便是我大致设想的这部书将要提供给诸位的风格。

这可能是一部长篇小说，一部漫长至极的心理学笔记，也可能就是史上最长的一首诗。这也可能是一部自传体的散文，或者干脆就是一本传记，总之，它仅仅是一部书，但将会包罗无数的同类项。它折合了我们所有人的观察，包括我们不同的经历的部分。

我说过，我受启于这样的生活。一阵枯燥的风，一场突如其来的暴雨，漫长的拘谨和时时都会有的冒犯，对自己精神状态的研究和质疑，不断展开的往事和正在被过滤的岁月，总之，这一切都在为这部书的书写做着储蓄。它们慢慢地进入了它那些精确而实在的段落。

晚饭过后或者空腹劳作的上午都是这样。午休后漫长而空洞的怔忪时光都是这样。我在想象和规划、设计这部书的时候，它已经被写下了一部分。十分之一或者书已过半？不，也可能仅仅只是一个开头，我写下了很多，但还是觉得单调而重复。我希望它们变得陌生一些。

这部书的风格与我将要书写的一切，都是我准备奠造的那种风格的一部分。这种风格的构成与我的阅读是有差异性的，我不会从任何一部已有的书中进行选择，我将要表述的万物所应具备的那种风格，只能是我们在共同发育之中生成的。它们将是文字之本来的形与色。

当然，所有的这些段落都将体现传记特色，这种特色的形成是我在漫长的五年诉讼中得来的。我在书写他人传记的历程中受到了真正的启发，这样说吧，就我们在写作中不想受到任何拘谨看来，它的终极风格就必然是精确、自由而实在的。如果我的思维倾向于悬浮和飘逸，那它的这种精确性会加深。漫长的五年诉讼，便是我们穿越时空的对话。

如果要想真正地了解一个人，书写关于他的传记大约是最好的办法。当然，这种艰苦的劳作有助于我们形成对人生的更多认识。我想要找到那种通达一切的风格便是受启于此。精确性，其实是一切写作的范例，它需要我们深刻地融入生活和所观察的人与事物中去。

我将要书写的，并不完全控制在我的范畴。但我写作一部名为主观之书，我有时会为自己的选择感到忧愁。我有时会去书写脱离我的思维的文字，它们没有逻辑地进入了我正在铺排的段落之中。这是自由之神在报复我们。在窥视他的动作的时候，这种征兆已经形成了。在我想要建立自己风格的时候，他跑出来，带着一种无可名状的不确定性来扰乱我的书写。

但是一味地强调任何事物，都没有太大的意思。我在走过了很漫长遥远的路程的时候，曾经想到无数先我而去之人。或许，我们都是对于流逝的有益的补充，在任何风格的范畴，我们本来都是不存在的。没有任何风格意识可能是对的，它们至多只是表达一种平凡但离奇的流动思想罢了。而这些思想，与水流既碰撞而发出喧嚣，但更多的时候，又是大体同源的。

047

相对而言，虚构（包括细节的充实）是简单的，而完整的回忆（使时间逼真地现形）却如此艰难。

我只是写出了一种虚伪的宁静，我心中的纷扰浩浩荡荡。

让故事成为一个废旧仓库中的垃圾场，我们的金手指在一堆废材料中泛出迟钝的金光。

我需要解释吗？我不可能逐一去解释了……可我为什么总是掩饰不住自己的诠释之念，像面对风吹青松不倒时的诠释之念……我仍旧想写的一页文字是《风格的强调》，也许只有它可以击败我，也许只有它可以挽回我。

048

读一些外国人所撰写的晦涩的作品时，我有一种受到激赏的喜悦，因为我知道这种阅读的利害，所以我"喜极而泣"……他们的晦涩所构成的一种"写作的自得"正在鼓励和讽刺我。

我的确知道，我制造了无数材料，无数的由"我"构成的"变形我、出卖我、挤压我"的材料。我出于一种爱的义愤，焚烧了这些材料的底稿，在未干的灰烬中，我成了这些材料所造出的一个不及时的我，一个"我"的躯干。因此我常感孤寂，因此我总在书写。（一种空虚度日的"饿"的征兆。）

049

我读同样的一本日记，在不同的年代，以不同的方式，我触摸到的是不同的灵魂，不同人的，重量不等的，不均衡的……我触摸到的是我不同的梦幻式的灵魂。但现实的表皮，却常常拿一根钝针和一阵阵擂鼓般的锤击地面之声把我刺疼。我因此乐得"撞迷糊了"我的灵魂。

050

激情来临的时候，我们会觉得自身的创造力是无限的。但事实上，我们的不断加深的创造力只是十分拘谨地存在于我们的生命中，你何曾看到任何一滴激情的汁液涌出到我们的身体外部？

创造力是一种罕见的血型，它在上帝的羽翼下分解着恩宠与报复。

但是，自然万物的复苏都不出于创造力的醒悟。自然万物不是子与实的因果。

创造力有着最刻意的祖先，他提供了作为预言的母体和色素。他是一切预言和空虚之祖。

很多人都乐于歆慕和顾盼，这是创造力所遇的最大震动之悲伤。

我最想在作家身上发现的，是那种不苟同的才华，它恰恰是一个创作者真正的创造力所在。它是一种有别于传统审美的独特的才华，具有让我们屏息静听的奇异和陌生性。它不一定需要铺排，但一定有着可以让我们感应到的方向性和所指。它可能不是以我们望向窗外时的那种浩瀚和空茫的目光切入，但它的即便是细小的观察力量也让我们震惊。通过这种观察，我们能够探测到生活底部的碎石，这是一种客观的，乐于与我们共存于宇宙中的碎石。或许这样来表述是正确的：它以碎石作为支撑使我们意识到了一种硬度的发生，而这种硬度，正是艺术并不单纯、传统和顺滑的引力的象征。

051

我的写作中有许多旁逸斜出的部分：诗歌中孳生出了散文和小说，散文中孳生出了《主观书》（一种新文体？

至少对我来说），《主观书》的诗歌性和散文性、小说性中孳生出了不属于诗也不属于散文和小说的东西，也不独属于文论的东西，也不完全对应于箴言的东西……总之，《主观书》（我此前将其定位为一部无限敞开的多卷本长篇散文著作）像一个箩筐（罗扎诺夫的第三筐《落叶》？），它装载了我愿意写下来的计划中和计划外的一切（随着时间的推移，计划外写作所占据的比例越来越大了），那么，我是否可以赋予其一个副题：一个（处处）旁逸斜出的文本？看起来是这样，《主观书》复原了我灵魂的褶皱，而我的灵魂，无疑便是溢出我的肉身的部分……刚刚过去的这个夜晚，我又梦到了小旅馆（京城的地下室旅馆），我梦中的睡眠酣畅淋漓，然而我毕竟苏醒……我的苏醒也是我的睡眠中溢出的部分？

052

我们用了很多时间去构造的，只是思想的副本。真正复杂而矫揉的心灵成分，我们从未表达出来。

仔细想了一下，或许我们这个时代的每个人（几乎可等同为"我们这个时代的每个人")内心的容量都极少。那种丰富的、立体的、难以穷尽的"思想现实"并不成立。因为缺憾总是大于已经呈现的、有效的、可以"明心见性"的部分。故事讲述者当然是极挑战人的（耐心、思考、感官），故事讲述者需要创造的、勾连的太多——正因为这个"太多"，所以总是会使丰富之中的浅白和真正的无知流露出来。如果我们是站在酷寒的山上挑物件（故事），火候稍差的，便不足以抵消我们攀登之旅的辛酸（故事阅读所形成的时间耗费、心力的耗费），则我们大半会失望（火候大都不够，大都不足以抵达）。因为我们的沦落已经是如此的彻底，我们厚颜无耻（本心即不静、不净），我们无法做到天人之物的合一，而且很少能够"面壁十年"去锤炼，所以我们的创造极少（没有挖掘出另外一种境界、另外一种语言，发明一种人类，发明新宗教）。我原先不持这样的批判去读当下的文学，只是自然而有纯心地去读，保持喜欢，但十年下来，收获并不明显。后来我才重点去读诗歌集《浮现》中的文学。《浮现》是从杂质和冗乱之中闪烁的可以定评的"抵达"后的文学，它们可以被看见，可以被模仿，可以被接受（在头脑中留下强烈的、令人叹为观止的印象），它们可以使我们充实起来。不必相信这样的阅读会毁坏我们（不达，而且并无抵达之征象），不必因为读此而觉得不幸（创造力和原见的匮乏所带来的）。我们唯一能做的，是去读《浮现》？是去感受它们，鄙视我们自身。是大幅度地减少，去除，泯灭我们的欲望（不要有对任何不足的掩饰和替补）。是爱我们不得不爱，是站在晨中山峦茫然四顾，惶然看视天地间的新鲜的流风（自然：每天都新鲜，每天都其来有自，每天都可以审察；流风贯通了肺腑）。是逼自己转身，通体荆棘（澄明地）。是感受（不必说出）。是愚公移山，蚂蚁吞象……（诗歌集：《浮现》）

053

我经常会感受到一个三流作家的优秀之处，或许是基于我的主观判定之中，已经给这样的作家贴了一个三流的标签。我知道自己的主观毫无用处，而且这样的主观，经常使我误入感觉的歧途，但我没有能力去改造它，也从没有想到要改造它。你瞧，我是个多么糟糕、自大而卑微的感觉主义者啊……

054

可将写什么，理解为"生命""气质"的基本蕴涵。写什么？大体是因为所写之物本来的空虚（思考与解释的不达），需要通过书写来进行扩充、见证和弥补。一个人在能够自我决定的范畴内抉择，渐渐地通向"写什么"（捡起最适合自己的素材，构建最对应自我命运的时空）的自识，似乎是一个旅行者向"基本故乡"的逼近。需要有一个基本故乡？至少在可以目测的范围内如此。也可能只是有一个梦幻般（终于影影绰绰）的基本故乡，代替了旅行者苦行途中始终心情不定的真实。至于怎么写？关乎个人气质的进一步的争辩（难以确定的？无知的？）。关乎旅途中的环境的"压抑"。更关乎自我认同和反对的力度。反对性越强，可能越注重"形式"，可能越难以完成，可能越靠近实质。实质也可能源出于某种形式？怎么写之中"实质性"地蕴涵着选择（题材、内容）的"滞重"，"实质性"地蕴涵着作者的"无知"和"自由"。如果果真"大河不择细流"，则二者自然是融汇的，可能不必区分。但有时沉沙阻隔，有时河道弯曲（需要疏通和改造，需要听到狗吠，引导大河的咆哮），有时人之目力（见闻）不足，都会将二者的区分之处突出出来。在这个时候，注重自我的核心（由内及外的生发）是重要的，注重"基本故乡"的发掘是重要的，注重为一个个裸躯寻找可以蔽体的衣裳是重要的。但这时，华服未必最好，朴素而体贴的着装却是有效的。所以，自我的计量（尽可能地看见、感应，不胡乱穿衣的思想储备）可能最牵涉表达的方向性。应该提供一种本能的警觉但也不要过分依赖它。应该提供一条河流的绘形但也不要过分强调。总之，沉思源于心头的空荡，写只是重锤的击实，力道的强弱直接决定了世界的面目（可以描述？）。而我们所有的写作行为，也不过是在恰切的技法和碎裂（撑破和涨缩）之间寻找一个敏锐而自觉的记录者罢了——反复的记录、反复的建立和清除的抉择？！

055

整部《主观书》中，很少叙事的因子。或许正可藉此看出，在我书写它的历程中，我的整体生活是静止的（至少从表面上看来如此）。我很少大起大落地行动，很少"进入社会"，或者说，我很少生活。总之，我是颇为静止地，写下了整部《主观书》。迄今为止，我看不到它的一丝断裂、急剧的跳跃（动作性）？迄今为止，我的命运大体是安静的：没有大起大落，没有我自以为是的，那么多的"灵魂的苦难"。所以，我最多只是虚构了我的"灵魂的小小沟壑"，部分程度上，也虚构了我"本不曾有的生活"。

我想写的是《致生活中身处不安的人》。我想写的是《悲哀与困乏》。我想写的是《命运的抑扬顿挫》。我想写的是《毁掉一切大词》。但我最想写的是《献给一切沉默》。昨日之我已死，我还需要写些什么？

056

将各种经验、深入的思考和巨兽般的灵感交汇，我就可以写出世界上最独一无二的诗，用以比肩那些独一无二地存在于世的文学经典。

没有意义逻辑。但它通过字句的连接产生崭新的逻辑。这是一种不可诠释的更新，集合了神秘莫测的句子和流俗之中的空虚（寂寞、冷）。有时，写作就是如此。它不是完全的趋避和舍离，但一定有着从根本的枝丫处分裂出来的遵循。你当明白人世如此，密密麻麻的句子。劳神的句子！你当明白写作不一定全靠外物推动，它的内在秩序与植物的呼吸和兽类的耕耘极度相关，它依靠命运自在、自为的力推动。它的依赖需要最美好的发掘、最痛楚的击打、最高大的玄虚（空中之舞姿翩翩）。它的依赖是孕育它面向黄昏（日复一日的黄昏）的大敌的窗口，是一面镜子，收纳它最大、最为浓密的相思！

在某一类著作中，需要坚定不移地确信，并以此凿开万物应有的空虚。但在另一类著作中，任何切实的结论都是错的，只有微茫的悬疑渊源自流（它们赋予表现的能力也毫无意义）。在唯此唯彼之间，才是你无法停驻和疾驰的思想！

至此我已达到枯燥之极。我被一种难以理解的震撼力席卷了全部身心……大地酷热，橘色的事物都龙盘虎绕……没有语言和沉思，所有的洋洋得意都在倾泻，一种难能可贵的急刹车般的倾泻！因此，时间终于变得空茫茫。你注目的河防逶迤伸展，它是爱你的，但无法带你飞升。你的命运，你最终的命运只能融入土中。河流边的林木藏有你的苦衷，举世不见你回溯来路时的影踪。

057

我丢失了一个词，我一直想不起来。我流落在一重刚刚被我看到的灵感的尾韵里？我的全部意志是这种流失的馈赠。但是，复述这一切多么没有意义啊，为了使它看起来体量匀称，我不得不耽搁了去看朝霞的时间，尽管如今它已不存在了，但我知道我错过了形成终将忘却的记忆的一瞬。在此我所演绎的，是对自我灵魂的追溯？不，我所缺乏的，恰恰是对这种反省的反省。

我所注视和曾经表述过的那种裂隙，其实还不是真正的裂隙。真正的裂隙我从未写出来过。但如果说，这个裂隙便是我刚才言及的我所忘却之词的一部分，则我真是没有什么好遗憾的了。我即使醉酒都没有深度失眠过。

058

抒情也未必不对；抒情可能是更为准确的，它面对的是事件充斥时间真空时无所不在的真实；抒情面对的是感觉的日常的真实；抒情只是不具体讨论事实而已，抒情面对的是这种事实所激起的涟漪，是事件的水流和颜色而不是事件本身；抒情有一个最基本的贴近心灵的功能，它可能比事物的动荡更具有体悟性，当然，如果追求精准，也可能比事物的局部细纹更小；抒情不是自带的，它其实比运动的物质更有依赖，它是趴在地上俯首帖耳的聆听，它是自我的复杂万象的呈示和支持；抒情需要任其自然，但并非不加控制，它也不是把持不住，它只是更为优容地知道了感觉的惊悚；总之，抒情不来自单独的命运里，抒情其实是综汇万端的盘子。（时间的螺纹：盘子！）

059

如果不是因为孤独，一个人可能不会选择写诗，所以，请注意诗人的精神实质！

我的妄想在于写下不可能的诗来，不可能的沟壑，反与正之间的错落，悲欢间的洞察，山地绝恋，春草葳蕤的雪原，蜿蜒如龙蛇的北方旷野……极长和极短的，极完整和极破碎的……我的妄想在于不着力地写出不露任何书写痕迹的诗来，它们构成了我的命运中"至为沉沦的象征"。

060

如何不能说，我是与我的灵感生活在一起的。"开垦地"的灵感，意识到"我在活着"的灵感，努力更正和忘却"知识的启示"的灵感……

我对生命最刻骨的仇恨是与生活（写作）的疏离。不然，我会深刻地相信是生活毁坏了我。但是，我没有任何刻骨的仇恨，只有内心的雷音阵阵。那些锻造我们的生活的力也猝不及防地毁坏了我。我反复地走过街头，反复地想象我生命中的几十年。我将生命中的遗墨写尽，然后步入另一个陌生的明天。但生活赐予我的最大力就是我内心的余音。我无比谨慎地想象着我生命中的几十年（内心的分秒、无数曲折的战争），我无比谨慎地步入我的街防：我的内心纷乱，曲折，划分了无数章节（厚厚的经卷？）。我已经无法再回到野地里（不涉及，不低眉顺首）去了，我内心里的阵阵雷音是我的巅峰呼告？不，我只有静默（无人观察，无看客）的内心的雷音。我在多重隐蔽中埋葬了我的星火燎原的歌声（与战争）。

061

我要诚恳地对待他，读他的书，研究他"命运构成"的历史，写出一些平实的、向他致敬的文字。抛弃"艺"的感觉，只从做人的角度，来完整地塑造他。这样，我就可以像我想象的一样成功了。

所信和所疑都会从你的身体深处突出出来，它们距离人间既近且远。

我的记忆很快变成了星星点点。星星点点的、麻木的、低头往前冲的人生记忆？无法硬朗的，只有风景的残余值！但还是舍弃不掉它：记忆的能力、梦境的幻生、一阵突兀地吹过黄色土地的风！

062

起居地，长生赋；岂非感觉的溢出？
湖边明月生繁花，繁花已落，造化空无。

我们以此深抵感觉之境。

是一个个下午，局限性降临。
我们抱着残缺之瓶，注满全部的流水。

那天与地、形与心都在宁静里。

梦幻远了。
故人远了。诗歌与那阔野，远了。

李白远了。
残阳西落，照亮了李白。

草木远了，星尘如同灰火。
罩住了草木。

我们如同降生，如同涨满，如同巷道。

在不眠之中，我们远了，远了。
在空空的天地中。

在空空的不眠中。
在空空的梦中。

在空中，我们溢出。我溢出。感觉溢出。

天地间一通雷鸣大鼓。

063

即使最清澈的纸张中都免不了隐含杂质，从这个意义上讲，世界上或许本就没有圣洁的诗。

我把我的许多愚钝写了下来，以我的矛攻我的盾牌，我把我的许多"思想"写了下来……只有远离我的人才识得我……我们是自身最大的"无措"。

我拖泥带水地过完了我的一辈子，以我从未写成一部完整著作的雄心，跻身于历史上最伟大的幻想主义者的行列。

064

修辞之事不能刻意而为，只能让它（修辞）自然地长出来。借助想象之力完成的修辞跨越了思想的尺幅，它终归会携带"想象力的刻痕"，无法臻于完整而通透的水到渠成。

看到流水你便是瀑布，看到天空你便是游鱼……生活中有欲哭无泪的苦衷、言不由衷的苦衷，有看不见、道不明的纵情欢畅，有人世的风雷和积雪深厚，有往事悠悠和你始终越不过的积雪深厚：这人世前所未有的覆没……大地上本来积雪茫茫！

065

经验也不是自然生成的，它可能是被反复雕琢出来的……经验主义者有着充分的耐心，他们通过回忆和强调把往事锤炼得炉火纯青。

我想写一些祭奠的诗，但我写不出来。因为祭奠来自悲伤的叛逆，而我无法深入我的骨髓，我不知道它所能承担的深渊的尽头是否已经嵌入我的肉体（心灵）。

066

优美的文辞也会使人厌倦吗？会的！这正是我想谆谆告诫你的。但是，无论多大程度的厌倦，也一定是由优美的文辞带来的。也就是说，这种厌倦不是腐烂的泥泞中的厌倦，这种厌倦——只是幸福的阅读的缠绕、热情的膨胀后的微妙缩小，它更多地带给你审慎和节制的阅读。不要过多地、不加止歇地读到尽头？不要太贪婪地、不假思索地读。要带着微妙的缩小的热情去读！要带着破坏心和谅解心去读！要带着放松的表情和自我杀伐般的决断去读！只有如此，那些优美的文辞才不会停留于优美而缠绕的表面！只有如此，那些优美的文辞才会收敛它们本有的形体，带给你复杂而蕴藉深沉的阅读的涟漪！

洗涤我的骨头

布　谷

001

只要我诚恳地望她，便不会再想她，因为她就在我身边，在我心里，是我的血肉和灵魂养育的，是爱的不绝于心，是爱的无怨无悔！

爱"从未止歇"。经年以来，我们从未徘徊不定或使出爱的大力。但是，峭壁上生出绿色枝叶的一刻，爱已经来了（"时间开始了"）。爱"从未止歇"：你所明白的爱，可以言喻的爱，从来不是来自上帝创造性的迟滞，它只是来自天地间呼吸的形色。你当明白，爱"从未迟滞"，它是最为透明和猛烈及时的——它从未窒息（无边的迟滞），它是永远在蓬勃生长的（"爱的居息"）！

我们热爱的是"爱"的生长性，未必热爱"爱"的结果，更不热爱"爱"的变异。

002

布谷给我们提供的指示并非迷途，但事实上，它只是如此懵懂的一物。

我们希望有个平静的天台，它容纳我们的思绪和爱。

是生活使我们相爱？还是因为相爱我们才能生活下去？这不仅仅是思维的变奏，这是世俗对于我们存在之悲的集中反馈。我们对于人间残留的爱惜，构成了地平线上的苍茫风景。

飞鸟越过了我们的头顶，携带着它们的自由和爱情。

003

一句诗，或一颗钉子："我对爱与不爱毫无怨言。"

我的此生，都在致力于与爱情及生活的和解。但我还是经常刺疼它们，我觉得我是一个十足的鲁钝的人。

我们不能"受累于爱"，但我们可以受累于一场奔赴昆仑山的旅行，我们可以受累于热带的暴雨和漫长而静谧的香格里拉。

思念的明晰对于"宇宙奇趣"可能是一种伤害。所以，我常常站在稳定生活的侧翼，我需要确知我的疑虑和重生"比昨日更多一些"。

我们有太多太多的爱需要释放出来，但是，没有一丝空气会支持我们。（空气中挤满了各种物质，它们是对于爱与悲悯的无情的稀释。）

004

一切都需要忍受。包括迟滞与衰颓，莫名的"爱与痛觉"……

我从未想要刺疼我所爱的这个世间，但我常常把离我最近的人给刺疼了，反之亦然。就这样，我收获了我从未想要获得的沧桑之感。

只有我们的爱有一种艺术的精确性，它是浇灌花圃的雨水和春季融雪的会合。我们是一种反复流动的物质，在每一个可以形成障碍的棱柱上留下了不愿意离别和死亡的唾液。

005

生活是写给亡灵的献诗？是的，死亡和艺术都太破碎了，只有生活构成了一切：尽管无所见，但却是唯一的献诗。生活是真实的、唯一的消逝。疼痛不可察觉（渐趋消隐）的幻变，灵魂（不变的枕头）的唯一的献诗。我们都将在未来体会亡灵的寂静（亡灵的献诗）？我们献给自身的消逝，没有丝毫感伤，只有隐秘的亡灵的消逝。这当真是唯一的献诗！

没有充分地认识到自我是对的？这所有的一切说明我

们仍在成长中。未死未亡，足证我们的一辈子都在诞生。
我看着那压迫我的两个梦境，我在为我无感的人而陷入了
焦灼。我把时间的韵律交付给你，请引领你的情欲入此
笼中。

006

世界上不只有布谷鸟的叫声。
我在聆听中感受到的，却只是布谷鸟的叫声。
我在聆听，感受，但我不仅仅是在聆听，感受。
而像是一次聆听的降生。而像是一次声音的降生。
我的感受如此简单，呈现出聆听之中复杂的万象。

我从未看到过一只布谷鸟，我从未看到过一株植物。
我似乎凝固了与它们的不识。
万物，只是我在无路可逃时的一个出口。
它对我形成遮挡。
我在它的尽头绕回来。
但仍是万物，仍是布谷。

我在聆听，感受，停泊在人世的河岸上。

世界上不只有布谷鸟的叫声。

但我在聆听时所感受到的，却是它的，唯一的声音。

没有万物和出口，我的聆听如此专注。

我在聆听中遗忘了的，还包括困倦和沉睡，还包括厚达尺余的诗歌册页。

还包括我的各种生活……好了，还包括我的各种感受。

总而言之，这只是布谷鸟的叫声，但它却形如招魂。

我在倾听之中，遗落了我的倾听之外的各种赘余。

我仅仅只是，记住了一个下午，一只布谷，许多只布谷。许多种万物。

我封锁了、埋葬了我的愚钝，我只剩下了倾听的盈实和虚无……

007

我们的欲望是黑黝黝的石柱，它有着难以言喻的非爱的本质。

我们自以为心意相通，可以絮语相及，但是，错了，我从未看到你的心，你也从未看到我的。

激情在远未充分达到之前才有价值，风景也只存活于想象之中，包括一切爱恋和尚在旅途中的事物，都充分地占据过我们遐想时的领空。所以，未名状态才是可以真正接近内心喧嚣的时刻，而忙于思考之外的一切琐事才是思考的真正哺育。（不要奢侈地享乐，因为它会损坏你、去除你。）

让我回忆一下，我确实会迷恋肉体的芬芳，但只是一种单调而热情的迷恋，像迷恋我们初生人世时的纯洁思想。

008

我们的存在是真诚的，但我们总是难免死后之亡。我们看不到死后的日出，所以现在就可以尽情地想象了：一轮朝阳……

爱，仅仅是一轮朝阳。

我们经过的区域还活着，我们爱过的人还活着，我们观察过的草木死后荣枯，所以，它们还活着。

但我们已经不可想象了，作为灰烬和尘土，我们在风中飘散了。

但我们已经不可想象了，作为灵异的先生，我们却唯独没有将魔鬼的镜子送人。

以不被发现和珍视表达我们的惊喜，以无感觉的存在表达我们的失落的爱，以一个繁华或落寞的街区去替代已经逝去的往昔的垢灰。

时间继续洋溢着它授予人的无穷慨叹：

来吧，上帝，让我们坐在沙滩上席地谈谈。你所看见的，都是那些慵懒的群山造成的。

而我们在体验着一种经验的亡灵，它们是无法被描摹和弥补的原始人一般的往昔。

我们像不占据任何空间的幻影一般游荡在时间的暗仓，天地的苍老只是一个小小的教条。

我们有一个堪为自我替身的小盒，它的圆融无碍救赎了我们……

我们不仅是草木的弥补，我们还是造出了这一切生与死的人。

009

我是一种饥饿的食人兽吗？我想吞掉你的心、你们的心，作为我正在经历的空洞的补白、荒凉的补白。

让激情自然消退下去，让生活回归日常。让绝望继续延伸下去，让美成为你并不觊觎的，让爱成为你的限定。让时间变得最不像时间。那么好了，你终于回到了起点上……我们可以握手言欢的时刻，你变得最不像你。那么好了，你之中本来没有你。

我们的幻象是不同的，但还大体集中。这或许由于我们的生活尚处在一个平面。只有我们的爱的倾斜、思想的源头仍在分解。即使我们的时空继续集中也是无济于事的。我们的一切都在重合（异常中的重合）？看起来如此。我们一直在趋同的进程中加速奔涌，我们没有自己铺就的道路，不需要时常发声。但那些独立的河流在不断地沿途渗漏，不断地留下它在循环更迭的时空中的种种缺口。我们的感受力在不断地分解，爱的倾斜变成一个确定无疑的常数。我们莅临的区域都变成一个倾斜。那些城镇大体上是不存在的。这或许是我们时常惶惑的缘由。我们已经有太多时候没有看到河流了，那些蓄满源头的事物已经有太多时候不与我们共晤。我们思想的平面仍在倾斜，爱的力仍在倾斜。在我们拘谨于事物的时空，宇宙仍未是一个确数。我们在空荡荡的无穷中无尽地上溯？但河流的上方积雪正在消融，我们的历史像一梁山脉藉由寒热交替的时序种植……有丰收的秋景存在过吗？有真正的时光（爱与永恒）的不朽存在过吗？

010

温暖的情欲是我们人生的一种填补，但是，我从来无法洞悉我"心中的万千须臾"。它们都比我活得年轻、率性。我从何时开始，已经感到了"身心苍老"。

必须让身体的静默符合心灵的潮流，否则，连你的所思都是臭的。我见识过许多喧闹而浅薄的花蕊，因为自然而然地见识过它们而真诚地鄙视它们。喧闹的花蕊丢失了宁静中的芳香，从而使我们的听觉和视觉都受到了污染。我从此后不再刻意地培育自己的感官，我只要认识到它们喧闹而纯明的卑微就够了。也许我应该为我的同样卑微的认识而爱它们？那些苦楚的、露骨地绽放的花蕊？

011

怅然或茫然总是如此复杂，复杂得不容再有任何梦想
"只研究和理解往事便够了"
我有时会站在一个爱人的角度去理解我们的青春
当然，那时有蔚蓝或娇艳的天空，我们便是为了梦想去找人倾诉

夜读爱情，那些恬然的激荡四方的宁静会让我们感动落泪
然而这莫名的忧愁，它引领我们，发动一场虚妄的战争
我希望自己可以保持一贯的纯真
就像见了陌生的人心脏会怦怦跳的战争，我们在爱情

中落下病根

　　让婚姻来拯救我们

　　然而这莫名的忧愁，它导致了无数战争以及红色的鸟，
以及墨绿的树

　　我想象童年的时辰就像迟到的解咒，我很仔细地端详
你的面容

　　爱情不会持续太久，但生命却坚定地相沿下来

　　那些昏睡和失眠过于等同了，就像天空

　　它们都既悲伤又空旷，就像原野

　　它们都既空洞又忧愁，我制造了秘密的芦根

　　它们倾尽了我的所有

　　上帝啊，我们把整个人间都献出来了

　　那些大森林中的鸟兽，它们各自奋斗，"它们并不识
得任何一个人类"

　　它们只是风中之瀑

　　上帝啊，那些爱他的人都在种植，他们都因为不求甚
解而活得从容

　　我们都因为上帝而变得亲近起来

那些树木，"也是我们的梦境、脸谱和无数风声"

012

花木会凋落吗？似乎是不会的……（它们比人类的生命感更为强烈……）（但它们不会感知自己的生命？）（是的，它们活着是天然的……）

我从未以热泪迎迓。我讨厌赞颂。我们同样忍受心灵的悲苦：你无情无爱的生命已经去远了。你是一个死亡的圆心。你一定执着地踟蹰、邂逅。你一定有过热血，但已经冷却。你灵魂的直径中没有刀器，因此是无力的。你一定茫然于命运的邂逅，茫然于岁月的梗阻，茫然于无爱的悲伤（令他人深感戏谑的悲伤："从何谈起"的爱与悲伤）。你一定是无力的，但有过勇敢的热血的末路？但有过曾经的高谷的囚缚？但有过炽热的迷恋和朽坏的双手：拼却一生的意志，迎来生命的朽坏的双手！我们同样忍受心灵的悲苦。我从未以热泪赞颂。我们都是孤舟之上的幽囚，没有一片鸟羽为死后的我们守坟！

013

"动态恋爱"可以使感情迅速地生殖，它极其富有表演性，因而可以使我们"回味无穷"，但也正因如此，当它的衰败来临的时候，那失恋者就会觉得他（她）的悲伤更重一些。我们应该对黯然神伤的人赋以更高的理解。

美貌而单纯的人也颇有聒噪的动力，因为她们有时也知道自己已经被宠坏了。她们以这种感觉性的聒噪来表达对这个世界的热爱。

我很清楚，她们的经验来自感同身受，她们以为这种压力是内在而长远的，因此她们也在为了事实献身。她们是不断被创造的、不断被（自我的判断力）扼杀的一代人。

正因为一切动因都不可预见，所以我们才会对动人的美貌吃惊。但假如这一切只属于我们自身（大自然），只属于花开叶落，那困境就不必再有；我们引入、信服自然的歧途（美貌）即可。有一年我在归乡的时候想到了（也看到了）鸟巢，也看到了守候在墓地旁的妇人。在刚刚开垦出来的乡村道路上，仅仅有一个像她这样的妇人。她喃喃自语着，也忽视着万物（过路的人和车辆造成的喧嚣）。

就是这样：我离开的时候天空晦暗下来，鸟鸣也始终不见一发。但天空却突地晦暗下来……

斜阳金灿灿

阳光多亮啊，我想不出比它更为"金灿灿"的事物了！

生活刚刚开始，但我们尚未付出任何努力便目睹阳光西移（生活的流逝），许多楼厦的墙体已被遮蔽而形成一大坨阴影——这一切真使人触目惊心。目下我站在高处凭空远眺，但我什么都抓不住。光线侵入的地界落在远处的悬崖之下，坦白而论，这便是我从未意识到的沟壑之一种。

我的一大部分命运（作为练习期的生命体）已经终结。无论如何，我的各种遭逢不会重新来过。我不会一味地诚实，也不会成为奸猾之徒。我不会沦落，也不会上升。在各种星座的羽翼下，那持守如一的恋人们都是坚韧和快活的。在各种生活的羽翼下，雨水会变成瀑布而不歇地涌流——我固然会因此身受未来的胁迫，但也仅仅如此而已！

十九年前我穿过栅栏，我的生活教会我的——我的意思是——我穿过栅栏——十九年了。我快乐地生活着？十九年了。昔日已殁，该死的都死了。该死的，十九年了。我的昔日的姿势已殁。我的青春的容颜、渴望爱的欢乐和惆怅已殁。我无法说出的一切无所见已殁。惆怅的，动物家园已殁。高山精髓已殁。对于我来说，该死的都死了。我的九曲旧日的我已殁。那些富有震撼力的生活啊真是好极。登临天梯的痛快已殁。

我完全地住了下来……这样，我的心便可以离你更近一些。我致力多年的那个谜题已经与你相知相依，我的心里也长枝长叶，它们撑得我好不难受。但是，既然选择了这样一种生活，我便只能离斜阳更远。天色浩荡，你沿大路行去便可。如果路遇你的祖父母或些许美女，你径直走过去罢了。这样的生活既不需要承载，又无关统属，那它便只能停留于永恒的记忆。你正在经历的生活、希望与记忆的根脉是一样的。斜阳一至，有多少山水都是一样的。它涂抹在那里的金色日渐黯淡，抑或从无凋落？但无论如何，它们的本质是一样的。自天地分极以来，屋顶斜阳，地穴斜阳，它们的本质是一样的。如果万物都不存活，光明的朗阔与劳逸也是一样的。我完全地住了下来，愧怍于再无一颗斗士心，这样，我与你的心便是一样的……

这种迷恋不对，因为它指向的是炽烈的圣火。它会视这种"将你烤为灰烬的历程"为迷恋的反叛（堆积）。好了，在只有两人相携而行的漫步中，天边暮色泛起，春天次第莅临。你看到的是一些残破的墙体。差不多有五百年的光阴了，树木的根部已被烧焦。你如何呈现这个漫长的时间的度量？在繁重的尺幅之间，那些镜子般的精细的雕刻已经被灰尘浸透了（尘世之色），你再也不会看见匠人们生动的创造性手指。他刻画的是哪一日的古老斜阳？他刻画的是哪一日的生死未尽、茫茫别离？他刻画的是哪一堵剩余的墙？至于那根本未在的秩序、已经湮灭的地理学、刻意铸造成赝品的匠心也都是孤独（未在）、叹息和逃逸的。至于那一昼夜的翻腾、一昼夜的想象力的饥饿现场、一昼夜的温差小丑，也都是孤独和逃逸的饕餮盛宴。也都是从一面斜坡上下来，仅仅是一念之间的"从一面斜坡上下来"（滚落下来），充满了忐忑和畏惧心的生物性的逃逸！也都是你已行至远，而人间复浊流清酒，看不到一处温暖的峡谷（供隐居者在？供畅谈的豪奢的情意在？），看不到刚刚过去的一个分秒，而斜阳在山外青山！而斜阳已在山外青山？！

即是你可以激发自己的无穷幻象，但也没有任何一种征兆可以预示你最终将完成它。意义的增长看起来将覆盖和埋葬一切，之后重新莅临的事物将抵消这种自我内部的期冀和奋争。有时，你不必采用任何譬喻便可以接近你的结论，在你的内心中，它是重点隐没的部分，不需要昭然显示，却最有可能在一丝微光中向未来延展。这是敞开的事物（结论），如同重复过的一日重新流动。你自然宠信，征引过这样的结论，像流连于怨天尤人的人间芳草。水声潺湲的时日来到了，你高仁于峰顶的夜色中，能够聆听和感受天籁之应许。多重幻象经过，你吃力地看到"多重幻象经过"，在光滑的"看到"和尖利幻象的"刺入"中，这可能是最重要的时刻却须臾不可得。你无法抓捕和贴近这样的时刻（斜阳），它似乎常在须臾和物外而不可负载（没有承受力和归宿心）。你饿了吗？面对幻象（渡河之恐惧），你会产生无穷的饥饿？但上帝却吝惜他最后的日出，大地上从此一片凋敝和荒芜。

一只斜阳迷路了，从此它便向万物（速度）屈服。它是迄今最高的屈服的力量。它本是一无所知的燃尽的力量，但就在它的若即若离中成为一种更高的荣耀的斜阳。无情的生命被渐渐埋葬：在花丛中，一个国王和他的仆人们迷路了。追踪而来的旅人们都迷路了（望梅止渴的旅人们）。一只斜阳以无穷的盲目的自信派遣无数部伍出行，但是雏鹰和瀚海都迷路了。从此它便向自己的无知屈服。万物都被一无所知地燃尽了，除了那凛冽的风再没有任何荣耀的残存等着……一只斜阳迷路了，从此便是无尽的残骸和碧波，它一无所知，但也从未突破地迷路了（日出的快乐和时光的残局）！

死亡的破碎

001

在最触及呼吸之痛的民间，死亡的爆裂可能是不存在的。它是"日常性的，呼吸之痛和死亡"。

许多不想死的人后来都死了（将来？却未必），但许多不想生的人是否还可以生存下去，这是个事关宇宙构建的大问题？不，人类的存在向来渺小如尘埃。这里没有任何问题。破碎的宇宙也从来不容纳此类思考。

我们死前的依依别情，深为上帝所不喜，因为它可能粉碎了上帝幻化前的所有记忆。

002

　　真正彻底地将我塑型的是这些秋雨里的秘密诗意，是这五年中次第而来的"死亡消息"，是我的阅读中使我"哽咽"的那一面，是影响力的残余值；但根本不是他们的名字和面相。真正彻底地将我塑型的，是我不自知的"感觉主义"诗句？真正彻底地将我塑型的是我的"出生"，但根本不是我在这世界上所经历的一生"命运"（命运有时兼带了他人感，但出生、落地却是不可更改的真实的"虚拟"）。真正彻底地将我塑型的是我的内心音律，但根本不是那些外物。我因此是死亡的感觉的残余值？（"死亡"，才是真正彻底地将我塑型的"万千造物"！）

003

　　我是见证自己的人

　　我是见证自己生和死的人

　　我见证这一切，只需要几个须臾

　　但我却跨越了一生

　　在我生下来的时候，一切都与现在不同

在我死的时候，一切都与现在不同

我只是在小心翼翼的一瞥中发现了

一切天机：我是见证者却不觉察的人生

行走和冥思带走了我

阅读和寂静带走了我

怒火和喜悦带走了我

我是见证者，这没有过错

但我为什么只是见证者，我没有投入地活过

这深情的人世啊，它只是怪我没有深情地活过

我觉得多么恐慌、单调和饥饿……

004

若思之过深，则人生的无数奋争和纠结显然没有太大的意思。我们除了向穷途（老迈、心神的衰败）奔突，还哪里有什么道路可走？

或者，是为了使自己回味往事时的遗憾少些，才努力和庄重地活着，但生命如秋风落叶，我们又何曾知道自己的命运之树能结出怎样的果子？

只有活着才能感受一切？而死亡是泯灭、破碎。但人间如此拥堵，如此近于"部分破碎"，一点一滴的"泯灭、破碎"。

只有活着才可看到江河、花果？而死亡形同空洞山川，"小小寰球，无穷天宇"。死亡是"天地大荒，万物皆老"？

只有活着才可看到人间仪容、云中锦绣？而死亡只是一小捧灰。死亡是与永恒的团聚？死亡是彻彻底底的风之静谧：无穷的静谧，"宙斯之流动"？

只有活着才可触摸世界方圆、爱恨之万千形象？而死亡并非永生。没有永生：只有一小捧"不可言喻"，形如不存之灰。死亡是宇宙的收缩。

没有虫蚁，没有识别，形容枯槁，只有与自我（无知觉的）团圆？"死去元知万事空"之团圆？死亡是自我的无穷收缩。

只有死亡才能粉碎一切？而活着只是寓言、象征，人生无意义的说明书：自我之空旷、无聊赖之说明书。活着是人生未来之预设？是对世界的无穷想象、缩小之感知？

只有生死之无知别、不趋同。只有死亡如此：曾经无比的熟悉、亲近，形如"陌生之虚构"。我们与无穷生者不识，与无穷已逝不识。生死是无穷的见证与不识。

"我如我佛如来，赐尔风清月白"。

006

我们能否确切地感知自己的存在？即使在如同死亡一般的睡眠中（做梦只是死亡的一种过渡形式）？那些昨日之风吹动我们身体的外围，一切活着的外物都笼罩在我们身体的外围。一切外物都不会真正地进入，除了梦幻之时不可遏制的真实。但它是死亡的一种过渡形式。我们在梦境中，看到了生命这棵卑微之树的"沉淀的形式"。

有时，是某个熟人的死亡带走了你自足的观望（生命永无尽头），带走了你生命的物质的一部分，因此死亡才是生命的最高形式。在此之前，所有生命的秩序都是混乱而盲目的。你不可能知道你的未来，即使把一切外在的理想都算计在内，你仍然不可能知道你的未来。河水流过的河床，伟大君王缔造的国度，都在"流动的风"的吹拂之中变成了陈旧的生命事实。它们是曲折的，不在现实境遇内的古物。

邻人的消逝和远方亲人的消逝，共同作用于我们的生命。我们的生命消逝也仅仅只是风中流动的曲折、柔软、不可触摸的帐幕。我们慢慢地怀想着一次一次的死亡，所有怀想的作用力共同指向我们的最终消逝。我们能够确切地感知自己的死亡之时，一切可以形诸记录的可能性都不存在，也不必存在了。因为死亡如同我们卑微地活着的事实，它从来没有自己的确切名字。

007

院子里的生灵都渐渐地消逝了，那些诞生在二十年之前的生灵（作为我记忆中梦幻的一面），都渐渐地消逝了。我以为这是永久性的，永不会复生的消逝。不会在空气中再度长出翅羽的消逝，也不会再度喷着响鼻站在牛栏里的消逝。我在大路上碰到的行人，也在部分消逝中降低了记忆中事物（生灵）的浓度。为了捕捉这样"不可消逝"（一种期冀）的灵魂胜境，我站在院子里（曾经"砌筑"有牛栏的院子）仰望蓝色星空，我幻想在一个踠足之间便可跃上星空（不再降落凡尘）的消逝。我在仰望和站立之中迷茫顿生，因为我已经回想不起最为具体的生灵的诞辰和他（它）的消逝。我甚至无法悉知我们的生死（时光狙击？）

和消逝。天将暮时，夜色变得广阔起来，我感到了一种无与伦比的"美丽消逝"：我们何曾活过（思索过）？我们只是站立在时光浓缩仪前的渺小囚徒罢了（一种简洁的笔墨的晕染、消逝！）。

008

死亡，对绝大多数人的生命来说，都是完整的终结。因为死去的生命不会思考，不再建功立业，不会再作为具有深度存活价值的个案激发他人的任何思考。"死亡"，是真正的终结！有形的遗产也是。渺小的，凡俗意义上的死亡并不关切死亡的任何本相，所谓"死亡的灰尘"罢了。在这个意义上，任何遗书的效用都不显明。因为遗书也是僵死的，而真正能使死亡复苏的，只有死亡肌体内的力。可以穿越时光的力！或许，阅读之内所蕴藏的，便是这样的力。我经常会以为罗扎诺夫未死，佩索阿未死，尼采未死，卡夫卡未死，罗兰·巴特未死，齐奥朗未死，因为我已经用了很长时间在与他们对话。至少，在如我者的内心里，"逝者"是永生的，因为逝者未死。我向来不曾在他们的生命中看到"死亡的灰尘"罢了！

009

假如你死后有人怀念你

你的灵魂和梦幻都已无法感知

你已经活过了一生，睡了一生

醒了一生，动荡了一生

那些木头人都已成真，那些木头人慢吞吞

它们都已长大成人，而你已然活过了一生

那些灵魂和梦幻都不正确

它们应该果断地传送、截断，像面对一座大如宇宙的高山

有时灵魂就是一些路人、旅人、巨人

当你死后，那些出神的部分也开始怀念你

看你渐渐变成死灰的面容

肆意地谈论你的一生，仿佛你的经过不是真的

这个世界上，没有你的体温，没有任何错误

但是假如有人怀念你，你已无法感知

但是假如你无法感知，这便是真的

你的死和残存的爱是真的，我们真是庆幸啊

终于这样"缓慢地活过了一生"

你毫无怨言，已无怨言，虽然日出仍在继续

但光芒无限，它们如何循例到来

它们如何继续盘旋呢，那臭烘烘的热焰

像你经过的大大的时间，像你已经开始腐烂的大大的脸

虚幻的脸

如果这要放到从前是多么不可思议的事

但是现在，这所有的种种都无比正确

我们只是在怀念中度过一生，并利用漫长的祭奠

将你描绘成不存在的星辰

010

我想亲手埋葬我。我看着一个我躺下去，他真的是我的全部生活？那高墙阻挡了我，我建立了非我的学说……

从我的尸体上诞出我的法身，我即是我的悟空。

时间的创造是上帝有生以来最伟大的艺术，而我的隐忧在于"无法全神贯注"。我常常会想到，上帝已经去往别处，但我们却在一个无人看管的荒野中放任自流。

远在九十九年前，他死了。那时，我还没有出生。现在的我，一部分已经死了，另一部分仍然没有出生。我的我不会全部都死了，永远都不会。因为我来过这个世界，所以，我们都一样的。我们都会进入一个轮回，也许我们的未来，是我先生，也许我们的未来，是我不至。但无论如何，我们的生与死都一样的：反反复复，没有丝毫不同。

011

离我们最近的年轻朋友（写作者）去世后，我们有一种突然理解了死亡的感伤？这种凸起的"触探死亡"（注视他的遗容）是我们无法回避的中年功课。我们必然离不开这样分外切近的注视。目睹这种"形容的消瘦"会使我们想到去日如流、生命如泡影、忽忽如电！因此，能够站在阳光照彻的旷原上观察万物（流连于人世风景）是好的：一种幸运感的降生？即使是"命运多舛"的赐予也极为不朽，可为我们庸碌生活中的珍肴！因此，我们隐蔽的心理中存有万物最终的言语（灰烬），但天籁静极，天籁望断山川，天籁说不出话来？！

汉
语
匣
子

001　午休即起

"您午间的休憩时间如此短暂！"

"是的，二十多年了，一向如此，我的午休微小但深入，不需要知识分子化，没有逻辑性。只是睡眠而已。我已经睡醒，可以沉思，但什么也不谈论。"

"也不游走于天地，不写文章记事？"

"要游走。要勒石。在地面上留下巨大的背影。但是岁月中的你我漂浮着，已经渺然不见影踪。在睡前想起无数小流行……二十多年，'睡前'，就这样过去了。父老，母衰。就这样过去了。"

"应当置身广袤荒野间，幕天席地，方可知春未至，春已归。北部环睹萧然。唯江南草草，风情别样。何不至江南？"

"是的，我最爱春天，最爱江南。梦虫故事，不值顾盼，休言利弊，不急，不缓。就是短暂的午休。醒来仍觉怅然。如是二十余年。君与我相别，二十余年矣……"

002　空壳子

我躺在床上，身体弯成了一张弓。他们都守在我的外围。但目光却不朝向我。

他们的目光变成了一条直线：一只目光与另一只目光连接，变成了那种永恒的直线。

我在他们的身上跳跃着……

我认识他们？一些刚刚被从泥土里拔出来的人？一些带土的萝卜！一些不倒翁。一些醉舟子。是的，我刚刚认识了他们。我刚刚准备挽救他们。

我在他们的身上跳跃着……

我拆毁他们，在他们的身体的局部绘上蝴蝶！我在他们的头颅中植入秩序，我为他们潜伏，成为他们的、躺在床上的替身。我把我的身体缩成了一张弓。我相信我的弯曲是最标准的弯曲。

他们都守在我的外围，关切的目光被旧事收藏。他们都不朝向我。他们的目光互相纠缠又各自闪避，他们是永恒的、弯曲的直线？

我们在各自的身体中跳跃。我在他们的额头上跳跃着。大地上弥漫着旧日的白雪。

我在他们的身体上跳跃着……

始终没有埋葬我的鲜血和白色的时间的蜜！

003 指向你！指向我！

"冥冥中的祈祷指向何方？"

"指向你！指向我！指向'我们互相看不清对方的容颜'。指向这个世纪、这个年代。指向我们独立高标、虚荣、刻骨的荣耀和爱恨。指向一无所有的激情，澎湃、汹涌、饥饿中的苦楚，胯骨上的痛。"

"不是指向上帝？指向内心？"

"不。我们看不见上帝。我们看不见内心。我们只能抵达'指向'的弧度。弯弯的山坡，露珠的轻巧，坟头上的风，历史主义者的负恩之重。他们担不起'冥冥中的祈祷'这个句子。"

"是你思想的苦役。贫穷、寂寥！是你？冥冥中的祈祷？"

"不。我没有不信服。我没有'冥冥之中'。我只是个仆人、俗人。生死存亡，没有高蹈的苦行僧人。不，我只是行走，从'无'至'无'。世界只是一片苍茫混沌。世界只是荒芜，萎黄的草鸟走兽。世界没有微澜，没有你我。"

"冥冥之中，没有冥冥之中？祈祷，没有祈祷？你只是无可告慰？无上帝，无欢笑！"

"然。冥冥之中：一衫一履。一挫一顿！"

004 只是十分之一的谈话

"只是十分之一的谈话？"

"是的，你一定要明白，我们只是为此而获得。"

"只是十分之一，不会更多，也不会更少。不会把你拽入死地，也不会把你送入人间……只是十分之一，谈不上露出了多少隐秘的端倪。"

"总之，是这样。你不必想到自己的流逝而诞生。你不必面对空旷而诞生。你不必惊悚，我们刚刚处理过要谋杀你的人。"

"不必呕吐。只是十分之一的小木人。只是十分之一，

240

不会令你窒息……不会更多，也不会更少。你且来挪开压迫你的神经的十只跳蚤。它们早已死去，你一定由此邂逅了人世的崎岖。"

"只是十分之一？"

"是的，只是十分之一。黄昏时的恍惚是所有精神恍惚者的弊病，你一定要记得，只是这十分之一！"

"不会更多，也不会更少？"

"是的，我们都只是僵死在自己身体中的跳蚤。十分之一的跳蚤，十分之一的澡袍！"

005　知识分子营垒

真有意思，他看见他们一拥而出的时候就这样想了。他们作为一个集体已经建立起来，彼此之间互通消息，互相察言观色，互相鼓掌致意。所有的事情都在循序渐进地发生。诋毁他们或者无视他们都是没有用的。很多细小的人群也被裹挟。愿意接近他们的人真是一天天地增多了。因为他们会夤夜不息地奋战，在很多事情上发出声音。他们的努力显而易见。作为一个集体，他们在一些重要的事情上无比用心。仅仅是你我所在的这片区域，就有无数他们的人。仅仅是消极地看待他们是没有用的。

　　我在乡下的时候没有看到过这样的集体。那里的人群与他们不同。我在乡下种植果蔬，采用的是一些古老的代代相传的技能。我们的村庄里住着一个守卫，但没有一个人会在意他的存在。太多的时候，村庄里的人都在春种夏收。犁铧翻开了深深的田垄，种植的人群趋奔于物质的暗部。阳光炙烤的时候，大地上有一种丰收后的葱茏的荒芜。阳光浓热地晒着人群，但仔细看去，只有一个人影孤独而滞重地老去了。很多人都在一步一步地朝前走，到了地垄的尽头再返回来。

　　知识分子人群真有意思。他们也在一步一步地朝前走，到了地垄的尽头无力越过的地方却仍不驻足。大地上浩浩荡荡，他们如何布置自我的感官？大地上精于勘探和描绘人心的知识分子，他们集体站在特定的生活的田垄，连年累月地工作，勤恳得超越了最地道的农人。他们自我嘲讽，疾言厉色地争执，对生活的实质提出看法。作为一个集体，他们还缺乏什么？在特定的生活面前他们就是这样。爱表现，爱慕虚荣。作为一个集体他们就是这样。怀念旧事物，蹲坐在田垄地头的时候看到了这里的最后一个守卫。

　　"你是唯一的？身在村庄但不执锄柄。"

"他在哪里？他只是站在田垄的尽头。皓月当空，他看到的是时光流水密布的田垄。"

006　廊柱与钢铁

"毫无疑问，守候在这里的铸造师就是我们自己，就是我们的亡灵。"

"你确定你会一直守候到死？你不会因为疲惫而放弃？你为何不能够抑制和抛弃这种守候的坚信和苦果？"

"是的，必然如此。我陷于一种诡制的自信。我必然保有这样的荒谬的错觉，直到我的死亡。"

"活着是一种错过。就是这样，你想得太多了。你身体里的钢铁已经被日复一日的疲惫融化殆尽。"

"但一切无可更易。我知道阳光如何穿过窗棂照射在屋子里养育我，我知道阳光的浮缕和层次。"

"那些笨拙的生物，支撑着你的生活！那些姹紫嫣红的花儿在挤挤攘攘地绽开？"

"是的，必须这样孕育花期。赐予，云雾——廊柱——那些有毒的，却含有我们生命中必然的营养的廊柱——"

"如此刻苦地。如此沉沉一梦。如此天翻地覆。如此而已，岂有他哉？"

"必须专注地生活，倾心于一个人的漫步，跋涉于无数的羁旅。这样，你命运的疾苦会更为积聚！必须得到无极限的痛与爱？"

"是的，生命有时而尽。但如今已经没有多少人会仔细地感叹生活了。他们恣意地欣赏着灵魂小丑绘在你身披的灰色大氅上的美丽纹饰！"

"感觉有时而尽。随时都有牺牲与睡眠的终结。抛弃了梦幻别离的廊柱。你抡起钢铁般巨人的手——"

"由此向西，路漫漫其修远兮！由此向西，风雨如晦兮……路漫漫有时而尽，我们当铸不锈蚀、无生灭的铁柱铭刻兮！"

"但不可令风雨绝步。猝尔之间，大地不过一片白茫茫。那森严的教条便是你最早的生命律令。不可秉钢铁心龟缩在温风不动的海底兮……"

007 汉语匣子

为了使事物固定地现形，我们才挖掘了这条瘦枯河。它的河面并不广阔，我们大概觉得于此无益。只要有一个逼仄的"河流"的称谓就够了。在我们这边，虚弱的、残缺的事物才更有力。河流作为镜面可以呈现那些事物？那些虚弱的力的指引是我们的瘦枯河？大概是这样的。只有一种作为汉语的称谓在引领我们。向西峰？向更遥远更负重的西峰？我们的此生悲哀、负重，多么像一条陌生的林中路。在所有的幻觉（负重）面前，我们装点自己的一生（负重）。那诚恳的注视和述说都是我们一生的负重（牺牲）。但是，所有百年前的人都驾云化鹤去了，我们所剩仅此，孤闭如斯。所有人都懂开启术吗？疾，请赋予他们汉语匣子。

008　叙事学观察营

只要他还活着，那种生存的惫懒之感就是存在的。无数从他身边经过的人都感受到了他的惫懒。

他所在的生活靡费太大了，但不仅仅是因为它的靡费，他更多的是由于自己的惫懒而形成了今天的生活。或许他应该直接冲下楼去？这样一来，他所能看到的事物就不至于太过有限。

他的任何尝试和思考都是有效的。那些教师脸部的表情说明了这一点。他们非常诧异地观察起他动若脱兔的步态。或许，他们以为，他本来已经龟缩起来了，不再抛头露面，不再出门——

营房建造在一个悬崖的边上。整个墙体已经深深地嵌入悬崖中了。如果烈日照射，营房中的人就能够感受到生活的开始。他们活着为了观察。他们感受力的发生建立在光亮照射的基础上。

如果没有阳光，他们的工作就充满了荒凉之感。没有阳光，就无异于生活被囚禁。所以一年之中，倒有不下于一半的日子使他们变得类如囚犯。他们由于没有太多观察的心情，所以观察出来的成果就是千篇一律的——

他生活在整个观察营的外围。他受到注视这件事本身是没有意义的。但是，身受注目却使他知道自己尚未处于人生的穷途。不过，他无论如何都不愿意描摹这样的生活。他的心情之中充满了无可描摹的怠懒。

他能够鼓起余勇冲下楼去的时候是不多的。倒不是因为从楼房的顶部过渡到地面上的路途漫漫，他只是因为选择的艰难和身心怠懒。反正最终的结果是一样的。反正无论如何他都要回来。活着本身只是一种不再有任何期待感的往返。

他们的整体观察其实与他的生活所涉无多。尽管，这个营房的建造是出于他的申请才最终落实下来。最初他看到它在自己的视野中慢慢成形，他还以为自己百无聊赖的生活终于结束了呢？但时隔不久，这种生活就形成了一个固定的程式却又对他不加约束。这是荒谬的。他不能越过自己最基本的生活感觉与他们交谈。他只是看到他们在观察自己。

一年中的任何月份都是这样。徘徊在楼房中的任何区域都没有洗刷掉他的怠懒之感。在他焦躁地走动在房间里的时候，他能够想象到整个营房里的人都各自通过一个望远的设备在观察自己。为了表示已经无所挂怀，他不再从自我的角度反观他们了，甚至连想都不愿意去想。

他们日复一日地生活着，似乎所有的目的已经达成，他几乎不会再有任何想法远离这个区域了。尽管，他们彼此心有戚戚的样子无人记录，但这是事实。他们在阳光葱茏的日子更能感受到它。

他找到一个木楔子在自我的肢体周围固定了一个框架。如果不能阻挡自己的感觉时他就把自己楔入其中。那些青年教师如果连续一周见他如此，就会变得更加无所事事。他对他们无所思无所求的样子充满了同情。

有一个夜晚，就是这样，他百无聊赖地绽开，百无聊赖地固定了自己。他仔细地聆听，整个观察营的人都已经安睡。他抬头看了一眼月色，而后低头屏息，想象了一下未来。他觉得自己的生活就是这样。所有为了被观察而形成的靡费都没有培育他的成长，他只是看见了，心有月色而感受寥寥。就是这样。

009　怪狮子黄昏

我第一次读到那些字时便受到了它们的吸引。我迄今仍然相信它们风格的尖利。但遗憾的是，我无法保持我最完整的想象力，在它们面前，一道道斜坡踊跃着上下，一道道流水已经泼溅到沟渠的外面。我的信念与这些字眼有关。我深信我的信念与这些字眼有关。如果说，我的秘密黄昏是为了创建，那也没有什么不对的。这其中的关键就在于，我毕竟与它们邂逅了，闻到了那些特殊的气息。秉持一颗生死听由天命的阅历之心，我相信一切都没有什么大不了的。总之，树木绿了又黄。爱人的心是苟活而复苏，而不是天然存在，一息一息地酝酿成为今天的事实。总之，方圆之间的天地是怪诞的，可能看见它的人过于稀少，所以它异常寂静。我不触及那些风格，它们便不曾莅临。但是在旅途中，在心海的汪洋，它们何曾会龟缩于暗处，成为一颗颗灰色土豆？总之，一年复一年，就是这样。书籍也在潜藏，但多数会化为腐土。黄昏也在潜藏，但多数尚且明亮，可令我们看到斜阳。总之就是这样。总之——那些奔波的兽类如何度过生命呢——我们尾随着那些花木兽类，看到它们踊跃着上下，葳蕤而生死——这已经不是唯一的存活了，但大差不差，它们就是这样。我站在平坦的天空下面，垄亩上升起炊烟，那黑色的吹灰之力踊跃着上下。这二十年，天空也就这般飘荡着来去，你且细心着，看看那些碎掉的云霓！

010　猎鹰者笔记

你如何认识猎鹰？你理解猎鹰？仅仅凭藉这几个句子，你如何完成谱写人世曲折的苦欣？你行走，你应有的——

仅仅是这几条枯枝般的人生路，树叶飘落（乾坤的冷寂如雨），仅仅是你的回味（看似无穷，实则逼仄的），仅仅是猎鹰者的喘息和吸引——

你如何认识猎鹰？大地之上炫目的白色猎鹰。你的记忆是乌青的，你的猎鹰（接应你的记忆的）是乌青的——

大地之上是乌青的，蓝色的白光是乌青的，直立于天地之下垂落如祭的墙衣是乌青的——

但是，你如何认识猎鹰？你如何记得猎鹰？那些顽劣的天地之流逝不会图谋你的猎鹰，只有你飞速忘却的事物是你无可告悔的猎鹰。你需要以上帝般的雄心去种植和抑制的事物是你的猎鹰！

011　瀚海

世间任何有形的万物，皆可以托起思考之重，因为万物之形实（沉甸甸的）正好可为你们容身。但是，一片极飘荡之能的鸿毛却如同瀚海般举止无限。如何描摹鸿毛的委曲"飘荡"——如何描摹极悲之中的大幸——如何描摹无名者的未知所依——如何描摹"不须停驻，无静止的：观察浮云"——如何描摹梦境中的枯藤漫漫（无际涯的）——或许才是写作者可窥望之瀚海。鸿毛之承载（举轻若重）正可谓写作者之瀚海。

012　旷

如今我面对世界，必有针灸良法。拾得它的臂膊，涉远途，过许多时间的豁口。沉重的事物变为轻尘，堵截我的归路。但是何处之旷可以松弛？容我侧身通过。那些静幽的河谷啊，已然仅剩有一片林木。其余皆为残垣断壁。其余皆为种子（林木？）。其余皆为错失的因果（朽掉的时间、破坏的廊柱、荡然无存的梦境）。其余皆为记忆的往还、臭烘烘的身子（骨）？有一种治疗惘然的法子被引入——如今我治疗世界，解开它的骨肉，必用针灸。然而如同这种种时刻，那隐秘的事物已殁，我终归拾得它的臂膊，眺望水云接天，却从无所得……

情感的沉吟

——致佩索阿的信

费尔南多·佩索阿先生:

　　这是我此生中第一次给你写信,而信件本身代表了一种关系的亲密(如果不是去信绝交的话)。我们之间本无任何往来(在两个相隔遥远的时空),而且你也从未进入到我的梦境之中——尽管我深信梦境的力量并且经常从你那里汲取,但我仍然相信我们之间是绝缘的。我只(能)与你的文本发生关联。这或许是你生前所想象的最为美好的一幕了:一个人死了,但他的生命形式以另外的途径存在。不必讳言,写作的事实本就是如此,只是我们会经常觉得这个让生命活着的理由并不充足。因此,作为弥补,你的文字之外的形象延伸并形成了你仍然存在的某种真实。而我,一个你的后来者,总是以为你还活着。获得这样的生活,得到时光静谧流淌的神奇指引,在最清澈的小河中观察流水长逝之中你的倒影,假想没有繁星的夜空就是我们所有人不可逼视的帘笼。夜空的守候之中可以聆听你的低语,我以匀速的阅读向你致敬?不,我们只是一直处在神秘的讲述中,我坚信你的想象力可以穿梭于生死的空寂,我坚信你一直活着。像我们共同的喃喃自语?是啊,世界已然如此,生死大为趋同。我们的一部分已死的身体也不会转化出灵魂，但是语言的种子植种在心，我们都可以感同身受那种理解力之疼。是的，你还活着，未知明日竟日何。你还活着，观察语言的种子生根发芽，长成一棵棵笼盖四野的巨树。只因你还活着，我们的共同灵魂才可以有相似的孤寂同享；只因你还活着，才使今日变得不同于昨日的沉闷。但沉闷是最可观的、必然的感觉事实。你的思想长在草席上？乡村的幻梦、低声都仅仅是你仿若上帝的吟咏？只是你还活着，你的书写、未来就还活着。你的沉闷也在继续。世界是你的枕席。我阅读着我的阅读，书写着我的书写之时，这种自我乞食（流连）于宇宙的幻觉无比分明。但是你还活着，像时间一样愣怔乖谬，默喊有声。这无穷无尽的生之重涯，有你的棱角形容足证幻觉的活着。我对你默读出声。我们一定相逢于人世的重重幻觉、生死相接的洞穴之中？任风吹散风的流动吧，任树木化为树木的灰烬的余音吧，但是光阴袅袅，你还活着？我们都没有非生非死的过失。在活着的外围，你多像一棵枯树，但有着低头垂泪的庄重肃穆……

生命有着波浪起伏的韵律，它不是恒定如一的。因此，以梦想家之姿来记录时光的流淌就是你类如上帝的创世。

"我并不想过多地描摹别人的创造。我只想深入地建立自己的创造。"这是一种不言而喻的孤寂的引申。在很多时候，生命似乎别无闲暇，它只是一种不言而喻的等待和创作的联盟。不做梦意味着对灵魂进行更深入的自主的体察。不做梦意味着日出的灿烂如火和霓虹之绚丽、辉煌？不做梦意味着我们的梦想暂歇，不做梦意味着你内在悸动的无声？但你常常以梦想家之姿来建立生活本身的修辞。自然界的万物生长也是来自命运（生活）本身的修辞。有时我会觉得时间（自我们有意识以来）已经存在太久，它的繁花绿树都构成了对微小的物质神情的强烈麻木（冲突）。我们似乎不必憧憬可以发生任何令我们难忘的场景，葡萄牙的海与中国海的广阔，里斯本街区与中国任何一个都市的巷陌有着本质性的区别吗？我们在生活中思考着我们死后留给世界的遗墨，但把生活本身粗鲁地划分和遗忘，甚至驱逐出我们的感觉领地。唯想象力有时孳生在最小的空间之内，我们的灵魂宇宙似乎除了不必要（不刺眼）的孤单外已经足够的独立和丰富（自称单元）了。正是写作带着清晨寒露之声令我们起早漫步，徜徉在一种别无所得的困惑和虚无之中。山峰和天空都是重的，但穹庐的羽毛为轻。它终将领有我们魂魄的神情远去另外的文明：想象我们的并不孤寂？我们（所有人）长达一生的不安之旅蕴藏着无限的辞别和沙尘，却终究渺茫如微生物的叹息（隐秘的沙尘中万千足印的叹息）。

如今我在读你的著作，我一点一点地增长着对自我判断的意识。你曾经一点一点地记录你和你周围人的生活，直至后来你与他们同去（归去来兮）。一个时代划过去了。地球上出现了崭新的人类，他们产生了崭新的上帝般的意志和情感？不，一切仍是古老的，除了人们以为"新年使人快乐"的自识。一切替换都没有那么迅捷，甚至，所有的开启和落幕都是无意义（也是无辨识的？）。你的力达无穷的书写看似没有边际，但实质上也只不过表达了一种不死、不觉、不察的虚妄罢了。世界笼罩在一些虚无缥缈的烟雾之中，而你利用譬喻的征象完成了你的生活（书写，等待落幕），一切行动都融入了高大威猛的天空云影之中。读你的著作，仿佛在与我们潜在的自我对话，"我"在无比冗繁的生活中漫漫地生成。这些孤独，色调偏阴暗潮湿，棱镜般的句子是你写下的吗？你的生活，以及整条街道（道拉多雷斯大街）安在？如今，我们的生活年代也有一条条道拉多雷斯大街，密布在一切敏感多思者的心头。

在无数穿梭于生活的感觉空间，在无数充满了怀想的奇妙时空，我都可以随口吟诵（书写）出你的句子。不，你永未完成对一类人丛迷茫生活的描摹，你缩写的不是人类的心灵，而仅仅是一场刻骨铭心的战争（水漫金山）。时光如此放纵而漫长，你亲眼见证宇宙的伸缩、街道的明暗变化、一个幼小孩童的天才以及他追逐自己心灵之潮涨落的一生……我如今读你的著作，感觉无比亲切，熟识，便像是阅读了这样的一生（自己人的杰作）。我永远都会厌倦但也痴迷于这样的杰作，我永远都立志于毁坏而不是维护它。书写的怪气味弥漫在我开始阅读你之后的每一个日子里，我自我安妥能力的滞后永远使我懊恼，沮丧，自内而外充彻了深深的不安。我们的书写（向感觉世界的乞食），一次次带有心灵冒险性质的精神的赛马在影响（想象）着万物？在生成万物？是的，你的内心中万物生长而萧条，你仅仅是你的灵魂自我枯索的象征。

　　书写并不神圣至上，但它却是唯一的。在你大量的、散碎的不安篇章中，你劈波斩浪般地提供了大量纷杂的材料来展示自己的思维景观。生活的觉醒并不比郎当有声的行驶中的电车更有意义。正在进行的生活并不比沉寂悠长的死灭（长眠于墓地）更有意义。反正这总是所有人类共同的（不可泯灭的）归宿。当感受力的沉浮不在，洋面上的水浪却仍旧不受任何影响地萌生和发展。大大小小的时间港口里发生了多少故事啊？绿色森林（层层叠叠）和蓝色云雾（恍惚，荒古）中发生了多少故事啊？我宁静地瞪视着今日的车流（蚯蚓一般的蠕动），我会在想象中发生多少故事啊。我们内在的不安之所以如此纷繁，但悲无可泣，也大抵由于在时间和联想中发生了多少故事啊。水源的开合、昼升夜落、书卷的堆积都是我们命运和思绪的砥砺？的确如此，你的不安篇章可以有无数种变形，可以有无限组合，可以试以无数种译笔。我俭省地谈谈这部书（想象中的完整性）对我的灵魂的触及吧：首先，它不妨是认真而庄重的，也可以说就是"灵魂的天籁性"的写作，所以，它可能是没有"风格"的，无限地趋近于自我内在的体温和思维的所得。其次，它显示了书写之力的缩小和对宇宙边界的扩大，所以有着特别黏附和胶结也特别通畅而散乱的自我的神性。再次，它寓言化地写出了虚无的困境，因而可以达于空荡荡的坚实和无穷。总之，它的蕴涵同我的理解和思想都是相契合的。通过这样的写作，我们的生活被化繁为简，任何物质和精神的迷惑看起来都毫无颜色

（空虚的笼罩）——或许正是因此而使它不可完成吧。它因此而成了一部关于存在的疑虑的书。但我对它的所有解说都太流于片面了。我觉得我仍然没有真正地读懂它。

是的，或许你并不曾告诉我，文学当是本心所为，并且，它最好的形貌便在于此。但事情大致是这样。你之所以写作只是一种写作的无意识在作祟吗？但不必相信自己已经越过了文学的里巷，因为文学家如此起居和生活，却不可能清晰地知道他将面对的未来的一切。文学家的本心带着深入骨髓的命运之感，但是他也仅仅乎与整个人类生长着相同的感官。他对感觉的体恤更深是由于他"无事可为"，他必须沉浸在思想中才能使自己所在的光阴不为虚度。我们的本心有着比时光的形象更为浓黑的面孔，有着比单调的活着本身更受裹挟的面孔，有着沧海桑田般的消逝的面孔，而注重这种消逝和生长的速度，并不屈服于时光无情的律令，大概便是对写作最高的阐释了。除了这种婉转低回的音韵，我们的本心再无可为？你对感觉的体会尤深，因此你的内心常常争战不休，但我觉得一种甘于内在喧嚣的偏向性的淡泊更足以笼罩一切。你常年居住的阁楼里生长着整个宇宙的沉静中的嚣声，我给你写信，是否会打破你正在经历的宁静中的诘疑，你在想象着未来？因此而有了隐蔽在百年后的分身？你的未来者提前拜会了你的居所。你的本心如此执迷于一种自我维护的困境，你已经抵达的自我想象的尽头同样充满了自我维护和撕裂的嚣声。我们是自我分裂的吗？在本心的无常悸动中能够感受到各种时光漫漶的惆怅。并不屈服于时光无情的律令却依然谨遵无知的自我，你在这样的古老时光（自我）的秩序中度过了四十七年。"人猿长揖别"？阁楼上的琴声却长存而不可泯灭（你记录了这种琴声并使这一段时光负重），我们捡拾着这种种感受的草莓，从未目睹你死后的形容。里斯本这个托盘！它并未长着使我们深恸至爱的感官……

现在，我想和你谈谈感觉的重复，谈谈那些伟大的村落。你的经验所限，使你不无忧伤地成为一个村落的局外人。你只有在偶尔居住于乡村时才会想起那些伟大的"白骨"，写出一些逸出你的道拉多雷斯大街的句子。你的生活的经验构成了这种生活最基本的谜面（惶惑的），你的忧伤（灵魂备受抑制）的经验构成了往昔岁月的尖塔？我有时在空旷无人（熙熙攘攘）的街头走着，同样会看到那些象征着往事泯灭的尖塔。我从未用心地体会生活，但它在不断地生殖。你的职业生涯略无可谈，我知道我们的生存事实（一份仅仅可以维持生计的职业）略无可谈，但是假如没有这样的生存事实，我们是否还能够在生命的基本的层面徘徊不去？生活像一颗铆钉一般把我们的命运镶嵌进最无底的深海里去。因此，每次解析生活，都只是一种感觉的差异性的重复。我阅读你曾经写下的那些句子，看到的都是你心情的赘余。这一切绝无可谈。这所有的一切都是重复，利用我们触遍了生命温度的手掌握紧，利用我们精神的涣散松手，再把它们送到纸面上，把它们封锁起来？我们已经很难写出最具有自我（内在刻度）的句子了，假如不去向整个世界展示这种无知的话。你自律、自居的一生使我疑惑，但是，除了这种绝对性的孤独，我们何曾会理解最真实的自我呢？有时我想，真该到你重复生活的岁月（街头）去走一走，完整地重复一些那些时日你的生活，但阳光只要升上湖面（日出东方），我就会打消这个念头。或许，只有黑暗中的光阴会有不同的喧嚣，而阳光下的一切明丽和拘谨都无比相似。我最为痛悔的是，居然完整地读过了你的一些书卷——假如我仍然保持零散的阅读，我对你的理解可能会更有冲击感。这是我们对阅读的感受的重复的相似？但是在一个没有导师的世界上，连伟大的村落（生长泥土、菜蔬和绝对的朴素）都是多余的，我们何必在意这些呢？重复正前所未有地展示了我们的伟大胸襟的消逝。

莫非，写作只是把我们的灵魂和肉体隔开的方式？看起来，这像是一个玩笑。玩笑而做作。我在想，如果你的生活是循规蹈矩的，在一种面向孤寂的日常性的背离中，你才会选择写作。你面向一种赤裸的灵魂式肉体（肉体式灵魂），但你无法完成所有的句子。书写只是一个小小的慰藉罢了，它是"不完美"的行动之一，但是除了写作，你不会再有更好的方式来面对自我。事情为什么会发生如此之大的变化？因为我们生来只是为感受的，但不是写作。把我们日日疲惫的灵魂从麻木不仁的肉体知觉中剥离出来，使它的外围笼罩一种云雾般的玄妙气质，似乎就是我们想对全世界说出的千言万语。但是不必相信我们灵魂和情感的纯净，不必相信我们毁坏的花木就比任何世人要少，不必相信我们真正建立了一个洞察无疑的宇宙。写作只是以其纯真而刺痛的幻觉来安慰我们，以时间的破碎和完整性来吞噬我们。这遍地的泥土、遍地的灰尘是你的吗？这遍地的歌声是你的吗？在节制的微笑中面对生活，在目睹世人庸常的幸福和他们看不见的离别中想象他们的离别——大致就是这样了。面对流逝，你也没有做得更多，甚至与太多入世者相比，你做得更为稀少罢了……总而言之，写作把我们的肉体和灵魂慢慢地剥离，"幻想行动便是真实的行动"？除了写给自己心灵信件外我们便再无可为了。那天际的白云便是我们精神意义上的彩虹，它在我们的幻觉中光芒闪烁。我们正是因此而活着（写作，光芒闪烁）？我们正是因此而隔世相逢，将自己的一生赋予一种内在意义上的战争（摒除河流与水源）？

我们活着并且思索只是自然造物的秘密缘由。事实上，我们的夸张和局限都太多了。我相信你已经切实地"拥有了"（感觉的造物主），但即便如此，你仍然不能充分地见证自我的流逝。你的书写是对自我的抵抗，对黑暗夜色的细致的斟酌。你的书写，也是你不以为然的付出：一生的情感，身体和时间的局促。事实上，你生而为人的遗憾和不足真是太多了。我们作为庸俗的世人（我在思考自己作为庸人的这一面）不可理解你独身过日子的兴奋。在无限的蹉跎（期盼某一种事物的尽早结束）和无限的丰盈之中，日常性渐渐变成了一颗毒瘤攫取了你，你的全身心都弥漫于思考生活的重量——但那是昔日的你，纸面上的你，印刷体"你"。如今你长眠的地下也有耽于思考的日常生活？一颗毒瘤？我反复地想象过一种我们作为"牺牲"的可能性，但是，不为"牺牲"的日子不是常有么？自在的、飞扬的思绪不是常有么？被送入焚尸炉前的自我粉饰和对于自然美景的歌颂不是常有么？无论如何，这样的幻灵般的岁月正是我们身受腐蚀的见证。我们作为凡人的意念没有奇迹，不可救赎。你可曾厌倦自己对于厌倦的书写？或者，书写行为本就是一种高高大大的"牺牲"，你把自己放到祭坛上正是为了粉碎上帝的终身成就。我反复地想象过我们不为牺牲的可能性：我们是上帝的替身还是十足的小丑？你的书写行为，莫非是向感觉、思念、记忆和未来的取宠？正是你生而为人这个事实让你充斥了迷惑与不安。我略带悲伤地读着你的书卷，你的"名字"：一道面具？我怎么可以相信自己，我怎么可以相信你曾经如此真实地活过，带着自我惶惑难熬的生命事实？一道面具：一道道面具！

直到此刻我才觉得，选择在这样的心境下（我的一部分我已经丢失，我所经历的一切都已经变为历史，我生活在无与伦比的幻觉中）给你写信，或许可能是最为恰当的选择。我无法不对正在进行的时间形成体察，无法不去想象一切归于绝灭的未来，但是，这所有的体察和想象也仅仅只能停留于此，寂静和空虚没有伸展，因为它们是僵死的。虽然这并不足以强调，但有时，我却知道自己对这种"绝对性的，僵死的"诚挚迷恋。是啊，这是在人间，在冷热相间的大地之上，我总是能看到一些复杂而浮沉的事物在强烈闪光。我为什么不是忘我的？文字无法形成道路，它们无法助我们做出任何抉择。无论是在你曾经生活的年代，还是在今天，这一切都没有任何改变。我在阅读，听到你的叹息犹在，但是，与时光的荒芜的揭示相比，它的抵抗力已经渐渐消融。如果有一些事物事关记忆的毒性，并且已经为我们所获取，但是，一定更有一些事物，浑朴而不从众，它们才是真实地合辙于我们观念中的部分。我们希望获得一种灵魂的涨溢？这似乎是我们凸出的隐秘？不，不，与时光荒芜的揭示相比，这些都不是最重要的。我们无知而坦诚，充满畏惧和惊悚地活在这个世界上。同样的无知而坦诚，视觉中满是活着而深受裹挟的模拟的"幻觉"。如此，则我们的灵魂没有摆渡它的牧人，它是随意的、尽情地"飞嗷"。我们没有大地（宇宙）的量尺，但宇宙之大固存，我们如萤火之虫：要翻垦吗？那夜晚的亮度，《不安之书》的月夜之弧都是虚无。我寂寂无闻，只知你在遥远彼乡，但行踪非为确数。你在遨游？夜幕为你扯出葱茏的幕布。总之，"你在遨游，夜幕为你扯出葱茏的幕布"。

在这封信的最后，我向你谈一谈《主观书》吧……我的确是受你创作《不安之书》的启示（写作状态的洋溢和断章写作的形式的激发）开始了我的写作旅行。从2012年10月28日开始，贯穿整整六个年头的漫长的纸上行旅，七百余个篇章……真要拜你灵感的伟力之赐。当然，如果说《主观书》本就是我的内心之物也是事实，但是，在此之前，我的确未曾写出这样大批量的正式而有效的诗来（在2004年秋到2006年夏所写的十万字的《你往哪里去》是唯一的例外，但却是偏散文式的）。《不安之书》是散文，而《主观书》更多致力于诗性的抒情……总而言之，在今天（2018年10月28日）这个日子，早晨八时略过，在给你继续写这封信的时候，我的情绪澄明，窗外的阳光正好（"微风不燥"），人间万物都有着无可比拟的"宁静芳菲"。我似乎已经许久没有经历这样的日子了。在这样的心境之下，我或许可以试着比较我们的异同（尽管这本是无意义的）：你通过七十二个异名拆分和拓展了自己，而我如今所想的是，尽量在一部集大成的作品中完成和聚合我整体性的身心。所以，《不安之书》是由起初有计划的写作经过期间十来年的"休耕期"后逐步走向了一种内在激情表达的自由，而《主观书》最先却是无计划的（尽管我动笔写它的时候已经三十四岁），仅仅是通过《不安之书》感受到了灵感的启示而开始进入，之后却弥合了我的绝大多数命运感知和写作经验，因此，它或将成为我"唯一"的一部书。我们生活的根本没有区别，而一切表象的不同方才构成了我们灵魂的战争的角度和模型的不同？你过早地经历过了人生的各种离别，因此使自己过于脆弱，敏感，也过于强大；而我僻居宁静和慌乱的乡野十五年，几乎没有生离死别的表象，但在心灵上却多次地体验过了（这种几乎不可一谈的精神性的创痛一直弥漫到了今天）。你经历过良好的早年教育（对阅读和写作异常有效的），而我的童年时代却难得有这样的机缘。我真正有意义的文学生涯开始得很晚——尽管我写作的第一个起点是十六岁，但是直到十年之后才略窥门径；而你在二十五岁的时候，已经开启了《不安之书》的创造性写作；我最初的理想或许不是一个文学家？因为太遥远了。如今我四十岁了，我的感受大体是温暖的，但也时常心怀恐惧和担忧。我被一种自我观察和思虑的潮水所淹没，面对生死、情感、心绪的稳定性都多有抒发；但有时我又坚信这些自我都是小的，因此心怀行走天下、放旷野外的不合格的理想……我们始终被一种日常性的生活吸引过去，在幽微的笔触中书写着我们在宇宙生涯中的起点和共鸣。这种共鸣是孤寂的无限缩小，因此我们不可有根本性的交流（因为拒绝交流）。我只能在此写这样的信札，而永远不会获得任何回应（这也是我在生命历程中的基本感知）。如果在幻想空间，我们或者有难得一见的友情？但我对此并不抱期望。因为时间的发生比我预想的更早，流动得更快。你的存在的虚无比你写下的更重。作家？不要试图去揭示什么，只要表达阐发的艰难（"浓重的趣味性"）就够了。因此，我们人生的隐蔽和敞开也都是未完成的，永远有无数的裹挟和对立在簇拥着它，从而对它视而不见！

　　还要说什么呢，一切都是空白的……

　　　　　　　　　　来自远方的，敬重你的灵魂

　　　　　　　　　　2018 年 10 月 7 日—10 月 28 日

《主观书》出神记

东　珠

我过着聊斋一样的日子。书柜里的书有些会出神。把《封神榜》放到枕头下，最先出神的是妲己的狐狸身，很吓人。把《搜神记》放到枕头下，那就惨了，出神的是一种兽（我忘记是哪种兽了），更悲惨的是其执意与我争夺皮囊。那一夜我清楚地感知到我的身体里嵌入了那只兽的形体，当时吓坏了，又不能自制，我们互为骨肉。把《孙子兵法》放到枕头下，我得到了一位将军的保护。兵书可以辟邪，真实不虚。至于把《梵网经》放到枕头下，我则很轻松登上了千年老树的树冠，欣赏到了最大最美的满月。至于大白天读《史记》，读到大禹治水处，我往往困顿不行，忽而睡去，接引来自名字中带有"氵"的人的信息。因此，我提前知道了我的稿子是否通过终审……

以上，这些经历，让我对佛经以外的一些书同样产生了敬畏之心。也摸索出了不能出神的书的主要原因：完全贴着现实写，缺少思考，没有境界，精神不自由。即没有灵魂。也终于明白了柳宗元在得到韩愈的诗，阅读之前的仪式为什么那么烦琐了：用蔷薇露洗手，再熏上玉蕤香。可悲的是，现代人读书，常常把书置于茅厕，更别提沐浴、熏香和衣冠是否齐整了。能够出神的书，取决于文字的质感和思考的维度。取决于作者心怀小我还是大我。取决于作者对写作这个行当的敬畏。取决于作者的书写是否忠实于自己的内心。也取决于印刷。把同样的文字哗啦啦印到报纸上，它出神的形体多数是一双棉鞋或一只病乌鸦，远没有豆腐块洁白。

那么，把闫文盛的《主观书》放到枕头下会出现什么情况呢？它出神是一种什么景象呢？

大概三年前，我到一贵人家里做客。我们谈论儒释道、喝高度白酒、朗朗大笑。又把当下某个低产高质的作家的一个新写的长篇小说的开头拿来尝鲜，当作此次阔谈的主题。贵人手里有奇货。我总能在这里读到一部分人的草稿，而且是永不发表的草稿。那时，我根本没有预料到，一次心灵的自由交流，居然提前三年给闫文盛的《主观书》预留了一个高贵的出神席位。因为接下来，我高兴得不行，缠缠绕绕将贵人室内之稀罕物挨个品鉴。自费给贵人鉴宝：岫玉、甲翠、冒充寿山石的老挝石印章、注胶很多的带皮的半柱紫水晶、一小块和田玉等等。最后，我在一大团蔚蓝色的绿松石面前收住了舌头，只说：这是绿松石。可我心里自问：这么大一团，是真货还是高仿？

　　一个问，一搁就是三年。自己都忘记了。然而，2019年1月10日，闫文盛的《主观书》突然给我送来了关于贵人那块绿松石的准确身份：工巧化身。我终于将鉴石又提炼出了一个新境界，获得了一个新术语。它和高仿的区别是什么呢？它有灵魂。高仿没有灵魂。我又是怎么知道的呢？这是一个意外：我总是睡前阅读《主观书》，有一天，读到深夜十一点，就直接将书放到枕头底下了。我枕着《主观书》入睡。于是，这一夜，梦中，《主观书》里写到的"绿松石"率先行动起来，招呼与作者最有缘分的那块绿松石，也就是我的贵人的那一块，共同把《主观书》里的每一篇都变成了绿松石。俄尔，一阵香风吹过，只见一栋高大的黑檀华屋悠然起立，我推门而入，四壁陈列的全是署名闫文盛的绿松石艺术品。工巧化身！古风、时尚、润洁、湖蓝、简约。我一件件抚摸，皆是绿松石里的极品：瓷松。绝不是低级的泡松和铁线松。也不是用于解渴的美松……

黑檀华屋北壁陈列（览胜）——

我们时常陷身探索的绝境，请提早学习紧急应变之策，请勿依赖他人。

我体验着一种与生俱来的彷徨感。

心中对自己的无所事事满怀好奇。

上帝坐拥的事物，便是我们的骨骼。

他们通常过着毫无注解的生活。

我相信我们最初的语言都是由梦境转化来的。我相信，那些最初描述神的叙事类作品就是这样。

我们灵魂的背叛没有寓意。

在一些山上，那些浩瀚的桩子在生长，在腐朽。

一颗凤凰之心，被埋在我们的躯体之下。

偷渡的菌群。

我们伸长了臂膊，拉伸我们的思想。

三人之行，必然致迷离。

直接赐你以上帝之嫡亲子民的运命，等待悲悯的矿物变成热流。

山峦已经开放。

上帝何从容，他只是一袖手，一袖手。我们何从容，只是悲化风。他在至高处，我们泅如渡。

现在，我抱着做回自己这个最简单的初衷，来完成我人生中第二阶段的书写。我尊崇的某人并不认同写自我，我尊崇的无数人都不赞同只写自我。

只有在日复一日的观照自然与流云中，我才会真正"放松"。

世间万物，灵魂之间的唤醒最率真、最轻盈。当《主观书》成书，已是万物之一。我想，闫文盛必是不记得《主观书》里绿松石的具体住处了。因为，到目前为止《主观书》已经写到七卷八十万字了。我想，肯定不是我翻书成宝，肯定是他的文字骨肉异常，早已自行结晶、玉化，向着珍贵的绿松石努力。而我只是接引者，我痴迷石头。《主观书》里，他尽最大的张力张扬了汉语的美，是华夏如许汉语时光的集大成之美。工巧化身！也尽最大可能竭尽了一个人的思考。总有人说：《主观书》不好读，指的是消化起来有困难。我想，这正可以用《主观书》中的一句话进行力辩：不写作是异常简单的，无须任何抉择，只要认同惯性就可以。这里，我们试着把"不写作"换成"不思考"。作者何尝不知道思考的劫难！

他究竟写了什么呢？关于这一点，我已经很多年没有阅读摘句的习惯了。可是，遇到《主观书》，我必须这么做。作为读者，我不能将其分类：西式的？中式的？还真不是中西合璧。我手里的《主观书》已经被我注释，代表我阅读时的快意、兴奋和茫茫人海中得遇开阔灵魂时的感动。我在书中用铅笔即兴飞注着孩子气的话语：诸如"哈哈""妙""写得好""真好""对夜色的观察如此之细腻""很对""找到了带孩子陪读讲解数学的痕迹""是道""天问""自相矛盾到如此地步""其实已经全部说对""黄昏出现的频率最高"等等自由会意的杂注。又画出甚恰心境的句子。又跑到目录里圈出自认为文采飞扬的篇章。我还把《原始》《理想的黄金》《陌生人眼中的海》《脆弱的都城》这四篇用大括号括起来，在旁边标注"国王"二字，并在此大笑：百年以后，假如读者只是以此四篇来研究闫文盛的生平，人们会说，闫文盛曾经是个将军！这个将军位高权重，终成国王，穿着汉服，活在帝王时代。可是，如果读者把闫文盛的《主观书》全部阅读下来，再积攒上几个千年以后，

人们会根据他曾做过貌似秦代将军这一职而轻松推算出闫
文盛至少活了两千岁。百年孤独装不下他，千年孤独仍是
入不敷出。可见，我们读史，是真史还是假史，秘密全在
闫文盛这里。可见，我们把屈原理解成与国王存有同志关
系，实在是以小人之心收纳君子之风。在《主观书》里，
闫文盛用尽洪荒之力写尽了一个人的种种可能，也以己身
代替人这个物种抵达佛经里讲的苦谛。

黑檀华屋西壁陈列（览胜）——

上帝也不仅仅是他本人，他是被无数影子挟持的血肉。

他是整个大地之上，唯一没有骨头的人。

我最初学习写作，是为了描绘我内心的战争。

替代是遥遥无期的。没有最后的一次呼救。

挤掉我们的灵魂，安放我们的"被挤掉的灵魂"。

不要以现代人的口吻说古人的话。

我因为某种激励我的鬼魂被埋葬而开始了我的无尽的
长叹。

我的第一个图腾就是细小的烟。

人之长生如长逝。

凡·高只是我们对自身的一种不识。

龟缩于此间，聊作一书生。

都死于不想死的痛苦。

人心强暴人心的事情也发生了很多次。

我常常会想象地球上只剩下一个人时，那种难以言喻的场景。

我们成为烟雾，与流逝，竟已如此密不可分……

我说，去看看原始人吧。去看看星象、八卦图、阴阳师和玄奥的数理。

恋人那展颜一笑，更胜过黄金。

青创会上，我是见过闫文盛的。他来自有着"三贤故里"之称的介休。他身上也确实有着浓郁的圣贤之风。他忍着痛风喝酒，表达文人的厚意。还记得，青创会最后的一个夜晚，我和王小王谈论起闫文盛，王小王大赞其君子之风。他是真正的文如其人，竹的品格。王小王模仿闫文盛的步态，惟妙惟肖。我知道，禹步闫文盛的前世，定是常念天下之忧，定是沧浪之水无管清浊皆能开怀拥抱，定是儿女情长束之高阁，定是悲悯到把与世事摩擦出的火气全部用来烧向自己的内心。若知前世因，今生受者是。他的笔对准的是自己的内心，这并非自恋。谁愿意让文笔承受思考的重刑呢？这个世间缺少了思考者的叙述又怎能透析四大和合的本意呢？境由心转，闫文盛品尝世间，尽得妙味，能把最普通的黑色（《主观书》之封面）修炼成一栋黑檀华屋。他在这华屋里陈列自己入世的技艺，坦诚又高贵。

都说诸法空相，可是，作为作家，很悖论的是，需要写的恰是这个相。还要写尽这个相。因为，诸法空相，要以实相印。闫文盛如此细密地把诸相集中于自己一身之上，将自己囚于众生之大苦之中。作为读者，需要体悟的正是空。当闫文盛把生为一个人的各种惶然、矛盾、欢喜、忧郁、确幸、辗转、迁流等等人间诸相全都写出来以后，这个空境也就显现了。我们翻阅《主观书》，会发现各种表达宇宙性空的对境：悲喜对境、善恶对境、冰火对境、国王与百姓对境、囚徒与自由者对境。还发现了附着在对境边缘的许多衍生境，比如：水境与冰境、主境与副境、虚境与妄境、恨境与憎境等等。对境相互抵消，衍生境相互攀缘，正是不生不灭、不增不减、永无止境。也正如《主观书》封面上的偈语：我一无所是。

如此，八十万字何足多？

我的身边，竟是些喜欢阅读《主观书》的人，因灵魂的质地相同。此前，我的贵人无论走到哪里，都不忘正确判断我此时的阅读营养而专门挑选类似《主观书》的读物相赠。也许，这也是我见到《主观书》异常欢喜的原因。我抱着《主观书》三月有余，从城市抱到大森林，从家抱到工作单位，从这屋抱到那屋，从食堂抱到宾馆。在匆匆的日常中，渐习混沌之美和安忍。闫文盛的文字做到了安忍，他不愤青，也不文青。他处理得圆融。他是穷尽彷徨而得解脱。我日日抱书而行的专注还影响到了一个小孩。有一天，这个小孩央求我，把《主观书》也给我读读吧！此前，我从没有想过要把《主观书》赠送小孩，我觉得必是四十岁以上的人阅读才更得真味。我也知道，读者需要引导，就像闫文盛遇见佩索阿、遇见昌耀。他们的文字，因孤绝而长寿。

我不能把闫文盛的书归类于散文、诗、哲学。他的写作高于这些称谓，同时也绝对不受这些称谓的束缚。他在一个人云亦云的当下发出了符合这个时代的珍贵的天问。他阐述的是道。他对自己和读者并不满意。他甚至思考到了读者的现状和难处，在《主观书》的结尾，他说——关于思考的感觉过多的作品是无法快读的，也千万不能通读，不能用计时器去读。最好的方法也许是随意但却认真而执着地翻阅：随便打开一个页码，完整地读懂一种感觉。这种阅读极可能与作者的创作同步，不惧阅读的重复（可以无限次地反复读），但却最担心被打断。打断，意味着感觉的破坏，需要推倒重来。

黑檀华屋东壁陈列（览胜）——

我所有的对于末世的想象，只来自灵魂的陷阱，那内心的山川色变。

风吹过万人的肌肤，能使我们感同身受的，却仍然只是一人徐行的孤独。

许多观察过落日的人也都成了落日。

我不求甚解地活着。

死亡只是一个人的沉默不言。

但在我们的视力所不及处，他仍然长存。

我无法领略那种超自然的开脱之力。我有时宁愿自己毫无感知地面对这样灰茫茫的人世。

当我们埋首于生活之时，这些种子各自为生，他们并不会集体注视往昔。而那旧日忧愁，也已经独立于另外的宇宙。这其实已经是我们最为接近的真理状态了。

直接的人啊，都在隼中。

吾等——人，皆为人中人，皆为僧上僧。

我比词语和句子略重一点儿，比时间的沧桑的重量略轻一点儿。

灵感的起居状态。

众生皆是饿夫。

那江湖之东，大雨倾盆。你一定认识此人，他布风施雨，绝望而孤独。在瞬息之中，他安居此处，从不复仇。他如此明丽而庄重！

这是庸人之忧，却与圣者同。

2019 年 3 月 13 日

闫文盛作品发表目录

（截至 2018 年）

《无规则叙事》·散文组章　　　　　　　《布老虎散文》2003年冬之卷

《我的心里住着三代人》·散文　　　　《中国铁路文学》2003年第7期

《宁静的加速度》·系列散文　　　　　　　《黄河》2003年第5期

《所有的人都一副旧面孔》·散文组章　　　　《红豆》2003年第12期

《我们为什么要写作》·评论　　　　　　　《都市》2003年第3期

《汉字像时间一样无声流淌——读魏微〈拐弯的夏天〉》·评论

　　　　　　　　　　　　　　　　　　　《书评周刊》创刊号

《爱情故事》·诗歌　　　　　　　　　　　《绿风》2004年第3期

《闫文盛的诗》·组诗　　　　　　《诗潮》2004年9—10月号

《倒影》·组诗　　　　　　　　　《延安文学》2004年第4期

《闫文盛的诗》·组诗　　　　　　　　《敦煌》2004年冬之卷

《与人说话》·散文　　　　　　　　　　《都市》2004年第9期

《时间的气味和色泽》·散文　　　　《中华散文》2004年第12期

《人在何方》·散文　　　　　　　《布老虎散文》2004年冬之卷

《粉红夜》·短篇

　　　　　《台湾新闻报》"西子湾副刊"（连载），2004年6月

《T城爱情故事》·短篇

　　　　　《台湾新闻报》"西子湾副刊"（连载），2004年6月

《咫尺天涯》·短篇

　　　　　《台湾新闻报》"西子湾副刊"（连载），2004年8月

《深渊》·中篇　　　　　　　《鹿鸣》2004年第8期（头题）

　　　　　入选长江文艺出版社《2004中国青春文学作品精选》

《咫尺天涯》·短篇　　　　　　　《山西文学》2004年第9期

《光线》·系列散文　　　　入选人民文学出版社《新散文百人百篇》

　其中，《孤单是一件旧事情》入选浙江文艺出版社《亲吻冰封的火焰》

《隐匿者遁逃》·短篇　　　　　　　　　　　《延安文学》2006 年第 6 期

《生日图谱》·短篇　　　　　　　　　　　　《延安文学》2006 年第 6 期

《恋爱的黄昏》·长篇

　　　　　　　　　《太原日报》全文连载，2006 年 12 月至 2007 年 2 月

《绿树浓荫》·短篇

　　　　　　　　　入选长江文艺出版社《2006 年中国青春文学精选》

《病情》·诗歌　　　　　　　　　　　　　　《星星》诗刊 2007 年第 2 期

《生年》《集市》·散文　　　　　　　　　　《散文》2007 年第 2 期

　　　　　　　　其中，《生年》被《佛山文艺》2007 年第 6 期转载

　　　　　　　　　　　　　　　　　　《意林》2007 年第 21 期转载

　　　　　　　入选《念亲恩：感动生命的 132 个亲情故事》

　　　　　　　　　　　　　　　　　入选《人生因爱而完满》

《滴水时光》·散文组章　　　　　　　　　　《海燕·都市美文》2007 年第 9 期

《休息日》·散文　　　　　　　　　　　　　《散文》2007 年第 11 期

《人间往事》·中篇　　　　　　　　　　　　《文学界》2007 年第 2 期（头题）

《艳遇》·短篇　　　　　　　　　　　　　　《文学界》2007 年第 7 期

《老五》·短篇　　　　　　　　　　　　　　《黄河》2007 年第 6 期

《三缺一》·短篇　　　　　　　　　　　　　《黄河》2007 年第 6 期

《十五岁的月光曲》·短篇

　　　　　　　　　入选长江文艺出版社《2007 年中国青春文学精选》

《腊月》·诗歌　　　　　　　　　　　　　　《星星》诗刊 2008 年第 3 期

《拯救》·诗歌　　　　　　　　　　　　　　《西南军事文学》2008 年第 6 期

《出发之地》·诗歌　　　　　　　　　　　　《都市》2008 年第 8 期

《时光书》·系列散文　　　　　　　　　　　《延安文学》2008 年第 1 期

《写给儿子的札记》·散文　　　　　　　　　《散文》2008 年第 3 期

《在异乡》·散文组章 　　　　　　　　　　《散文》2008年第10期

《我的睡眠史》·散文 　　　　　　　《岁月》2008年第3期（头题）

《我看到过母亲的悲伤》·散文 　　　　《山西文学》2008年第5期

《乡村时间》·系列散文 　　　　　　　《文学港》2008年第3期

《往事与流年》·散文组章 　　　　《海燕·都市美文》2008年第5期

《寄居者》·散文 　　　　　　　　　《青年文学》2008年第6期

　　　　　　　　　　　入选花城出版社《2008中国散文年选》

《火车站》·散文 　　　　　　　　　《山花》2008年B11期

《你往哪里去》·系列散文 　　　　　《天津文学》2008年第11期

《师范街的黄昏》·短篇 　　　　　　　《黄河》2008年第2期

《杨子和小红》·短篇 　　　　　　　　《都市》2008年第4期

《杭州来的姑娘》·短篇 　　　　　　　《都市》2008年第4期

《我不是杜明》·短篇 　　　　　　　　《都市》2008年第4期

《斑马线》·短篇 　　　　　　　　　　《都市》2008年第4期

《姥姥在唐朝看我》·短篇 　　　　　《百花洲》2008年第3期

《终止符》·短篇 　　　　　　　　　《百花洲》2008年第3期

《贫贱夫妻》·中篇 　　　　　　　　　《黄河》2008年第4期

获《黄河》2008年度"雁门杯"优秀小说奖

《弟弟的婚事》·短篇 　　　　　　　《广西文学》2008年第8期

《夜雨寄北》·中篇 　　　　　《黄河》2008年第5期（头题）

《桃花》·短篇 　　　　　　　　　　《文学界》2008年第11期

《小年夜》·诗歌 　　　　　　　　　《天津文学》2009年第5期

《闫文盛的诗》·组诗 　　　　　　　《诗选刊》2009年10期下

《我记忆中的重量》·诗歌 　　　　　《天津文学》2009年第12期

《滴水时光》·散文组章 　　　　　　《山西文学》2009年第1期

《家事琐记》·散文　　　　　　　　　　　　　《散文》2009 年第 4 期

《纸页间的流年》·散文组章　　　　　　　　《散文》2009 年第 10 期

《失踪者的旅行》·系列散文　　　　　　　　《青春》2009 年第 5 期

　　　　　　其中,《楼下的小巷》入选花城出版社《2009 中国散文年选》

《沉重的睡眠》·散文　　　　　　　　　　　《山西文学》2009 年第 10 期

《小事物》·散文　　　　　　　　《海燕·都市美文》2009 年第 11 期

　　　　入选春风文艺出版社《21 世纪中国文学大系:2009 年散文》

《巢》·短篇　　　　　　　　　　　　　　　《延安文学》2009 年第 1 期

《相见欢》·短篇　　　　　　　　　　　　　《山西文学》2009 年第 5 期

《怕天黑》·短篇　　　　　　　　　　　　　《江南》2009 年第 5 期

《哥俩好》·中篇　　　　　　　《广西文学》2009 年第 11 期(头题)

《时间的隐语——读齐菲诗集〈隐蔽的沙滩〉》·评论

　　　　　　　　　　　　　　　　《名作欣赏》2009 年第 8 期

《没有什么能影响到我的写作——访陈家桥》·文学对话

　　　　　　　　　　　　　　　　《都市》2009 年第 11 期

《写给儿子的幼年》《育儿手记》·诗歌

　　　　　　　　　　　　　　　　《星星》诗刊 2010 年第 1 期

《失踪者的旅行》·系列散文　　　　　　　　《青年文学》2010 年第 1 期

《散落的日常》·散文　　　　　　　　　　　《百花洲》2010 年第 1 期

《职业课》·散文　　　　　　　　　　　　　《手稿》2010 年卷一

《思维练习册》·散文　　　　　　　　　　　《天津文学》2010 年第 2 期

《职业所累》·散文　　　　　　　　　　　　《山花》2010 年 B3 期

　　　　入选春风文艺出版社《21 世纪中国文学大系:2010 年散文》

《南方的寒冷》·散文　　　　　　　　　　　《散文》2010 年第 4 期

《谈活着》·散文　　　　　　　　　　　　　《散文》2010 年第 12 期

《午夜笔记》·散文　　　　　　　　　　　　《文学与人生》2010 年第 5 期

《暗部》·散文　　　　　　　　　　　　　　《天涯》2010 年第 3 期

《失踪者的旅行》·系列散文　　　　　　　　《黄河》2010 年第 3 期

《望三十而立》·散文　　　　　　　　　　　《雨花》2010 年第 7 期

《南方之梦》·散文　　　　　　　　　　《福建文学》2010 年第 9 期

《迁徙》·散文　　　　　　　　　　　　《山西文学》2010 年第 9 期

《虚构的年谱》·散文　　　　　《海燕·都市美文》2010 年第 10 期

《失踪者的旅行》·散文组章　　　　　　　　《西湖》2010 年第 11 期

《宽大的积木》·散文

　　　　　　　　入选新疆美术摄影出版社《乡村书系列：山坡上的阳光》

《影子朋友》·短篇　　　　　　　　　　　　《山花》2010 年第 1 期

《等候黎明》·中篇　　　　　　《四川文学》2010 年第 6 期（头题）

《逆光像》·短篇　　《山花》2010 年 B9 期（头题），"个人小说小辑"

《掌上的星光》·短篇　　　《山花》2010 年 B9 期，"个人小说小辑"

《读书琐谈》·评论　　　　　　　　　　　　《都市》2010 年第 2 期

《泥土里散发着汉字的馨香——张行健散文印象》·评论

　　　　　　　　　　　　　　　　　　　《名作欣赏》2010 年第 3 期

《经验主义的写作也是理念先行——访吴玄》·文学对话

　　　　　　　　　　　　　　　　　　　　《都市》2010 年第 1 期

《他要的就是浑浊和新生——访邱华栋》·文学对话

　　　　　　　　　　　　　　　　　　　《编辑之友》2010 年第 5 期

2010 年获 2007—2009 年度"赵树理文学奖·新人奖"首奖

2010 年获第十届太原文艺奖

《失踪者的旅行》·散文集

　　　　入选"21 世纪文学之星丛书·2010 年卷"（作家出版社 2011 年出版）

《出发之地》·诗歌　　　　　　　　　《星星》诗刊 2011 年第 1 期

《隐蔽或敞开》·组诗　　　　　　　《诗刊》2011 年 11 期下（头题）

其中，《这烟与火的人间》入选《当代新现实主义诗歌年选·2012 卷》

《失败之书》·组诗　　　　　　　　《诗歌月刊》2011 年第 12 期

《装修记》·散文　　　　　　　　　　　《雨花》2011 年第 1 期

　　　　　　入选上海科学技术文献出版社《阅读年选：亲历 2011》

　　　　　　入选学林出版社《2011 年我最喜爱的中国散文 100 篇》

《购房记》·散文　　　　　　　　　　　《延河》2011 年第 2 期

《思维练习册》·散文　　　　　　　《文学界》2011 年第 2 期

《失踪者的旅行》·散文组章

　　　　　《文学界》2011 年第 3 期（专辑版）"闫文盛专辑"

《闫文盛散文选》·散文　　　　《北方作家》2011 年第 3 期（头题）

《夜如深海》·散文　　　　　　　　《四川文学》2011 年第 6 期

《世事如烟》·散文　　　　　　　　　《散文》2011 年第 7 期

　　　　　　　　入选百花文艺出版社《散文 2011 精选集》

　　　　　　入选花城出版社《黄金版图——在场主义散文 2011 年选》

《我的声色犬马》·短篇　　　　　　《南方文学》2011 年第 1 期

《波浪说》·短篇

　　　　《广州文艺》2011 年第 2 期（头题），"个人小说小辑"

《怕天黑》·短篇

　　　　　《广州文艺》2011 年第 2 期，"个人小说小辑"

《只有大海苍茫如暮》·短篇

　　　　《山西文学》2011 年第 3 期（头题），"个人小说小辑"

《分居》·短篇

　　　　　《山西文学》2011 年第 3 期，"个人小说小辑"

《人间别久不成悲》·短篇　　　　　　《当代小说》2011 年第 3 期

《有阳光的秋末》·短篇　　　　　　　　《黄河》2011 年第 2 期

《天作之合》·短篇　　　　　　　　《天津文学》2011 年第 6 期

《悬崖》·中篇

　　　　　　　《西湖》2011 年第 6 期（头题），"个人小说小辑"

《横穿马路》·短篇　　　《西湖》2011 年第 6 期，"个人小说小辑"

《流星划过夜空》·短篇　　　　　　　　《星火》2011 年第 4 期

《回乡》·短篇　　　　　　　　　　　　《雪莲》2011 年第 8 期

《外省人》·短篇　　　　　　　　　《四川文学》2011 年第 9 期

《回乡偶书》·短篇　　　　　　　　　　《当代》2011 年第 6 期

《我希望心灵博大》·创作谈　　　　　　《山花》2010 年 B9 期

《试试看，可能不可能》·创作谈　　　《山西文学》2011 年第 3 期

《多余的字》·创作谈　　　　　　　　《文学界》2011 年第 3 期

《听妈妈讲故事》·创作谈　　　　　　　《西湖》2011 年第 6 期

《诗，散文，小说》·创作自述　　　《作家通讯》2011 年第 4 期

《沉浸在传主和他们的时代里——访韩石山》·文学对话

　　　　　　　　　　　　　　　　　《编辑之友》2011 年第 1 期

《纪实文学写作的奥秘——访赵瑜》·文学对话

　　　　　　　　　　　　　　　　　　《文学界》2011 年第 8 期

《文学的终点站在心灵深处——访王祥夫》·文学对话

　　　　　　　　　　　　　　　　　　《百花洲》2011 年第 5 期

《报告文学写作的实践与寻觅——访赵瑜》·文学对话

　　　　　　　　　　　　　《中国报告文学》2011 年 10 期下

　　　入选中国作协创研部编《报告文学艺术论》（作家出版社 2012 年版）

《致岁月书》·组诗　　　　　　　　　　《草原》2012 年第 2 期

《晨间诗》·诗歌　　　　　　　　　　　《星星》诗刊 2012 年第 9 期

《致岁月书》·组诗　　　　　　　　　　《诗歌月刊》2012 年第 11 期

《与老师们交谈》·散文　　　　　　　　《散文》2012 年第 3 期

《吾乡吾土》·散文　　　　　　　　　　《散文》2012 年第 10 期

《碎时光》·散文组章　　　　　　　　　《文学界》2012 年第 3 期

《躁动与变迁》·散文　　　　　　　　　《天涯》2012 年第 3 期

　　　　　　　　　　《散文·海外版》2012 年第 5 期转载

　　　　　　入选北京工业大学出版社《2012 中国随笔排行榜》

《城之书》·散文　　　　　　　　　　　《天津文学》2012 年第 6 期

《应聘记》·散文　　　　　　　　　　　《雨花》2012 年第 6 期

《烟火之城》·散文　　　　　　　　　　《山西文学》2012 年第 6 期

《失声》·短篇　　　　　　　　　　　　《作品》2012 年第 1 期

《流年》·短篇　　　　　　　　　　　　《小说林》2012 年第 2 期

《看不见的仇敌》·短篇　　　　　　　　《山花》2012 年第 3 期

《月光曲》·短篇　　　　　　　　　　　《鸭绿江》2012 年第 3 期

《暗疾》·短篇　　　　　　　　　　　　《当代小说》2012 年第 3 期

《分手记》·短篇　　　　　　　　　　　《黄河》2012 年第 2 期

《大人物》·短篇　　　　　　　　　　　《西湖》2012 年第 4 期

《车站告别》·短篇　　　　　　　　　　《广西文学》2012 年第 4 期

《星期六回家路上》·短篇　　　　　　　《当代小说》2012 年第 5 期

《伤疤》·短篇　　　　　　　　　　　　《四川文学》2012 年第 5 期

《牛首崖》·短篇　　　　　　　　　　　《延河》2012 年 5 期下

《与房地产商谈判》·短篇　　　　　　　《芙蓉》2012 年第 4 期

《失踪之旅》·短篇　　　　　　　　　　《四川文学》2012 年第 8 期

《作家的没落》·短篇　　　　　　　　　《创作与评论》2012 年第 9 期

《2002年的虚象》·短篇 　　　　　　　《山东文学》2012年第12期

《2010—2011读书记》·评论 　　　　　　《都市》2012年第1期

《闫文盛的诗》·组诗 　　　　　　　　　《诗刊》2013年第6期

《烟雨》·诗歌 　　　　　　　　　　　《星星》诗刊2013年第8期

《内心风暴》·系列散文 　　　　　　　　《散文》2013年第6期

《流水谈》·散文 　　　　　　　　　　《山西文学》2013年第9期

《主观书》·系列散文 　　　　　　　　　《散文》2013年第10期

入选百花文艺出版社《散文2013精选集》

《主观书》·系列散文 　　　　　　　　　《百花洲》2013年第6期

《主观书》·系列散文 　　　　　　　　　《山花》2013年第12期

《蹉跎诗》·短篇 　　　　　　　　　《当代小说》2013年第11期

《小说家的人间世》·评论 　　　　　　　《都市》2013年第9期

《阮郎阮郎归何处》·评论 　　　　　　　《作家》2013年第11期

获"山西省第九届文艺评论奖一等奖"

《我从没有担心过自己能走多远——访吕新》·文学对话

《都市》2013年第1期

《痴人妄想录》·中篇 　　　　　　　　　《黄河》2014年第3期

《主观书》·散文诗 　　　　　　　　　《散文诗》2014年第6期

《所爱》·组诗 　　　　　　　　　　《诗歌月刊》2014年第9期

《奔腾》·诗歌 　　　　　　　　　　《山西文学》2014年第11期

《透明》·散文诗 　　　　　　　　《星星·散文诗》2014年第12期

《异乡记》·系列散文 　　　　　　　　　《散文》2014年第1期

《夜色还乡》·系列散文 　　　　　　　　《散文》2014年第8期

入选百花文艺出版社《散文2014精选集》

其中,《幻影书》入选花城出版社《2014中国散文年选》

《乌有之书》·系列散文　　　　　　　　《散文》2014 年第 11 期（头题）

《身心之累》·系列散文　　　　　　　　　《天涯》2014 年第 2 期

　　　　　　　　　　　　　　　　《散文选刊》2014 年第 5 期转载

　　　　　　　　入选漓江出版社《2014 中国年度精短散文》

入选当代中国出版社《绝版的抒情》（天涯人文精品书系，2015 年 10 月）

《主观书》·系列散文　　　　　　　　　　《大家》2014 年第 2 期

《滴水时光》·系列散文　　　　　　　《边疆文学》2014 年第 6 期

《脆弱的都城》·系列散文　　　　　　　　《雨花》2014 年第 7 期

《七个我》·散文　　　　　　　　　　《山西文学》2014 年第 7 期

《主观书》·系列散文　　　　　　　　　《鸭绿江》2014 年第 9 期

《主观书》·系列散文　　　　　　　　《黄河文学》2014 年第 9 期

　　其中，《另一种人》入选长江文艺出版社《2014 年中国精短美文精选》

《莫逆之交》·短篇　　　　　　　　　　　《红豆》2014 年第 5 期

《短歌行》·中篇　　　　　　　　　　　　《西部》2014 年第 5 期

《条纹，或者斑点》·评论　　　　　　　　《都市》2014 年第 3 期

《存在或不存在》·评论　　　　　　　　　《都市》2014 年第 4 期

《书生的困境及散文之疑难——2013 山西散文年度报告》·评论

　　　　　　　　　　　　　　　　　　　《都市》2014 年第 7 期

《是如何？》·评论　　　　　　　　　　《都市》2014 年第 12 期

《在危崖上》·中短篇小说集　　　　三晋出版社 2014 年出版

《天脊上的祖先》·人文专著　　　北岳文艺出版社 2014 年出版

《何必要小说，何必要空谈》·创作谈　　　《黄河》2014 年第 3 期

2014 年被评为第五批"太原市青年学科带头人"

2014 年获《诗歌月刊》诗歌特等奖

《客途》·诗歌　　　　　　　　　　《星星》诗刊 2015 年第 1 期

《为燃烧的烈火》·散文诗 　　　　　　　　　　　《诗潮》2015 年第 5 期

　　　　其中，《不可逆》《夜色还乡》入选《2015 年散文诗选粹》

《沉醉的迷途》·诗歌 　　　　　　　　　　《天津文学》2015 年第 11 期

《主观书》·系列散文 　　　　　　　　　　　《延河》2015 1 期下

《主观书》·系列散文 　　　　　　　　　　《青年文学》2015 年第 3 期

《主观书》·系列散文 　　　　　　　　　　《山东文学》2015 3 期下

《为燃烧的烈火》·系列散文 　　　　　　　《散文》2015 年第 4 期（头题）

　　　　　　　　　　　入选百花文艺出版社《散文 2015 精选集》

《我所在的生活》·系列散文 　　　　　　　　《散文》2015 年第 11 期

《恋爱絮语》·系列散文 　　　　　　　　　《山东文学》2015 年第 5 期

《恋爱中的孤独》·系列散文 　　　　　　　　《野草》2015 年第 3 期

《主观书》·系列散文 　　　　　　　　　　　《奔流》2015 年第 6 期

《为燃烧的烈火》·系列散文 　　　　　　　《青年作家》2015 年第 7 期

《恋爱絮语》·系列散文 　　　　　　　　　《鸭绿江》2015 年第 8 期

《恋爱中的孤独》·系列散文 　　　　　　　《诗歌月刊》2015 年第 8 期

《失踪者的旅行》·系列散文 　　　　　　　《四川文学》2015 年第 9 期

　　其中，《万里归来年愈少》入选漓江出版社《2015 中国年度精短散文》

《为燃烧的烈火》·系列散文 　　　　　　　　《钟山》2015 年第 6 期

《为燃烧的烈火》·系列散文 　　　　　　《安徽文学》2015 年第 12 期

获"2015《安徽文学》年度作品奖·散文类主奖"

《为燃烧的烈火》·系列散文 　　　　　　　　《红豆》2015 年第 12 期

　　　　　　　　　　　　　《散文选刊》2016 年第 2 期转载

《散文是心灵的寓言书》·创作谈 　　　　《安徽文学》2015 年第 12 期

《且荐书》·评论 　　　　　　　　　　　　　《都市》2015 年第 1 期

《作家及其领地》·评论 　　　　　　　　　　《黄河》2015 年第 3 期

《理想的文学批评究竟何为——关于王春林的文学批评》·文学对话（与黄难）　　　　　　　　　　　　　《黄河》2015年第4期

《你往哪里去》·散文集　　　　　　　　百花文艺出版社2015年出版

《孝义木偶艺术生态考》·人文专著　　　山西人民出版社2015年出版

《为燃烧的烈火》·散文诗

　　　　　　　　入选中国书籍出版社《中国当代散文诗·2016》

《灵魂境》·散文组章　　　　　　　　　　《广州文艺》2016年第1期

《随笔四则》·系列散文　　　　　　　　《中国作家》2016年第4期

《主观书》·系列散文　　　　　　　　　　　《西湖》2016年第5期

《痴迷者的迟缓》·系列散文　　　　　　《漳河文学》2016年第3期

　　　　　　　　　　　　《散文选刊》2016年第11期转载

《痴迷者的迟缓》·系列散文　　　　　　　　《星火》2016年第4期

《痴迷者的迟缓》·系列散文　　　　　　《福建文学》2016年第7期

《独处者灵魂的感光》·散文　　　　　　《四川文学》2016年第8期

《随笔三则》　　　　　　　　　　　　《小品文选刊》2016年第8期

《痴迷者的迟缓》·系列散文　　　　　　《山西文学》2016年第9期

《天是怎样黑下来的》·系列散文　　　　　《青春》2016年第10期

《痴迷者的迟缓》·系列散文　　　　　　《散文选刊》2016年第11期

《时间或地心引力》·系列散文　　　　　　《雨花》2016年第11期

《与虚无之战》·系列散文　　　　　　　　《岁月》2016年第12期

《时间之刺》·散文　　　　　　　　　　《青年作家》2016年第12期

《主观书》·系列散文　　　　　　　　　　《钟山》2016年第6期

《如何谈论我们的文明》·评论　　　　　　《都市》2016年第12期

《我母亲的孤独》《低矮》·散文

　　　　　　　　入选漓江出版社《2016中国年度精短散文》

《痴迷者》·系列散文

　　　　　　　　　　　　　入选中国书籍出版社《中国当代散文诗·2017》

《我是怎样回故乡的》·组诗　　　　　　　《诗刊》2017 年 9 期下

《燃烧的心》·散文诗　　　　　　　《星星·散文诗》2017 年第 5 期

《文学需要不断地打通和融汇》·访谈 《星星·散文诗》2017 年第 5 期

《活到老》·组诗　　　　　　　　　　　《诗潮》2017 年第 2 期

《痴迷者的迟缓》·散文诗　　　　　　　《散文诗》2017 年 3 期下

《通俗歌谣》·诗歌　　　　　　　　《天津文学》2017 年第 10 期

《闫文盛的诗》·诗歌　　　　　　　　《都市》2017 年第 11 期

《双重生活》·系列散文　　　　　《散文》2017 年第 1 期（头题）

《我一无所是》·系列散文　　　　《散文》2017 年第 7 期（头题）

　　　　　　　　　　　　入选百花文艺出版社《散文 2017 精选集》

《痴迷者的迟缓》·系列散文　　　　　　　《红豆》2017 年第 2 期

《命运的开启》·系列散文　　　　　　《湖南文学》2017 年第 5 期

《我的精神领地》·系列散文　　　　　　《百花洲》2017 年第 3 期

《灵魂絮语》·散文组章　　　　　　　《中国作家》2017 年第 9 期

《寓言中的纪年》·散文组章　　　　　　　《草原》2017 年第 9 期

《灵感的还魂》·系列散文　　　　　　　　《雨花》2017 年第 12 期

《主观书笔记》·系列散文　　　　　　　　《美文》2017 年第 12 期

2017 年入选"山西省宣传文化系统第四批'四个一批'人才"

2017 年获首届"万年浦江·千年月泉"全球华语诗歌大赛银奖

2017 年获第二届"林语堂散文奖"

《感觉的溢出》·组诗　　　　　　　　《诗歌月刊》2018 年第 4 期

《冬天的风吹破了这里的宁静》·诗歌　《山东文学》2018 年第 8 期

《生活对于诗歌的赞叹》·诗歌　　　　　　《西湖》2018 年第 9 期

《黄花岭笔记》·诗歌 　　　　　　　　《都市》2018 年第 7 期

《坐井观天者的困乏》（上）·系列散文 　　《滇池》2018 年第 2 期

《坐井观天者的困乏》（下）·系列散文 　　《滇池》2018 年第 4 期

获"第十五届滇池文学奖·最佳散文奖"

《记得人间何事》《描述一种文学理想》·诗歌

　　　　　　　　　　　　　　《青年作家》2018 年第 3 期

《借助于永恒之地的诞生》·系列散文 　　《绿洲》2018 年第 3 期

《秉烛谈》·散文组章 　　　　　　　　《红岩》2018 年第 4 期

《主观书笔记》·系列散文 　　《散文》2018 年第 8 期（头题）

《平淡的思想》·散文 　　　　　　《回族文学》2018 年第 4 期

《主观书笔记》·散文 　　　　　《安徽文学》2018 年第 10 期

《抒情诗的潮汐》·系列散文 　　《中国作家》2018 年第 12 期

《佩索阿：一个"残缺的整体"》·评论 　　《作家》2018 年第 3 期

　　　　　　　《中华文学选刊》2018 年第 10 期转载

《思考的沉醉或风格的游移》·创作自述

　　　　　《文艺报》2018 年 9 月 10 日（个人专版）